SV

Carlos María Domínguez
Der verlorene Freund

Aus dem Spanischen von
Susanne Lange

Suhrkamp

Die Originalausgabe erschien 2013
unter dem Titel *La breve muerte de Waldemar Hansen*
bei Literatura Mondadori, Buenos Aires.

Erste Auflage 2013

Druck: Druckhaus Nomos, Sinzheim
Printed in Germany
ISBN 978-3-518-42361-5

Je großzügiger der menschliche Geist
desto empfindsamer ist er für die Scham.

Robert Burton *Anatomie der Melancholie*

Eins

Er trug den Namen seines deutschen Großvaters, eines Ingenieurs, der am Panamakanal mitgebaut, Marokkos Stromnetz entworfen und die englische Eisenbahn bis in Uruguays Norden gebracht hatte. Der Vater war bei der Handelsmarine gewesen und hatte als einer der ersten Offiziere seinen Fuß in die Antarktis gesetzt. Ob notgedrungen oder aus Schwäche, Waldemar Hansen wurde Notar. Beinahe hätte er geheiratet, sprang aber vor der Hochzeit ab und hielt von da an Liebe und Amtliches auseinander, hatte jedoch aus einer Beziehung in jungen Jahren eine Tochter. Er kümmerte sich um alles, was sie brauchte, bis Eva nach Italien zog, wo er sie alle zwei, drei Jahre besuchte, wenn er es sich leisten konnte, seine Ersparnisse für Reisen in Städte auszugeben, von denen er beladen mit erschwinglichen Kunstwerken zurückkehrte. Für Waldemar war die Kunst eine untrennbare Gefährtin des Geldes und dessen beste Rechtfertigung. In seiner Diele hing sogar ein Carlos Sáez. Er war bei Weitem kein Millionär, hatte nur ein gutes Auskommen, wohnte im fünften Stock über dem Bulevar España, besuchte Vernissagen,

Konzerte, Theaterpremieren und scheute keine Ausgaben, wenn seine Reisen in die Opernsaison fielen.

Ich hatte ihn in der Kanzlei des Anwalts kennengelernt, der mich bei meiner Scheidung vertrat, ein Büro in einem alten Haus in der Calle Rincón. Während wir beide im Vorzimmer warteten, faszinierte mich, wie versunken er Pierre Francastel las. Ich kannte dessen Buch über die figurative Malerei, doch er las die Studie zum Impressionismus, dort, auf dem Platz gleich neben der Tür, durch die man uns eben mitgeteilt hatte, dass sich unser Herr Anwalt verspäten würde. Er war um die sechzig, hatte große Hände, kräftige Schultern, doch in den Falten seines Gesichts, kantig und arglos, hielt sich hartnäckig etwas Kindliches. Damit ich nicht wegdöste, zählte ich erst die gedrechselten Windungen des Schreibtischbeins, ging dann zu den blauen Streifen des Stuhlpolsters über, zu den Blumen im Teppichmuster, den grünen Linien der Tapete, und als ich nichts mehr zum Zählen fand, sagte ich: »Ehe Castro kommt, hat sich einer von uns die Augen verdorben.«

Die von Hansen waren grau, er ließ das Buch sinken und blickte mich voll verständlicher Skepsis an. Aus Skepsis wurde Neugier, und aus Neugier wurden Scherze, mit denen wir einander vorstellten. Mir gefielen sein Humor und die Resignation, mit der er das Buch auf dem Schoß zuklappte. Was auch immer den Anwalt in der Stadt aufhielt, die geschenkte Zeit beförderte ein Gespräch über die Zerlegung des

Lichts, und eine halbe Stunde später vertauschten wir die bequemen Sessel im Wartezimmer mit den Hockern einer Bar, in der wir unsere Diskussion darüber fortsetzten, was für Absichten Monet mit seinem Garten in Giverny verfolgt hatte. Waldemar sprach bedächtig und nachdenklich, griff das eben Gehörte auf, gab ihm eine neue Richtung, und alles, was er sagte, war bedenkenswert. Ich begann, ihn regelmäßig zu besuchen, weil ich einen dieser einsamen Männer in ihm vermutete, die in Montevideo immer für Überraschungen gut sind. In Buenos Aires oder Paris wartet ein einsamer Mann darauf, dass ein Glücksfall sein Leben verändert. In Montevideo sammelt er Aschenbecher alter Hotels, kultiviert ein Faible für dänische Filme oder für Stalins Reden während des Zweiten Weltkriegs, einerlei, es soll der Fortbildung dienen und ist am Ende doch nur eine subtile Art des Verzichts. Bei Hansen war es die Kunst und ihre Rechtfertigung.

Unsere Treffen fanden immer bei ihm statt, wir bestellten Pizza, tranken ein paar Gläser und hörten Jazz. Er besaß eine ausgezeichnete Plattensammlung. Berufstätig war er nicht mehr, das wusste ich, ebenso, dass er nicht mehr länger die Trennung von einer Freundin beklagte. Er erwähnte eine Schwester, mit der er sich nicht verstand, und Schwierigkeiten beim Einschlafen, so dass er mich zum Bleiben drängte und oft Mittel fand, mich aufzuhalten. Seine Großzügigkeit war so überwältigend wie die Qualität seines Whiskys und die Gewitztheit, mit der er dem Gespräch immer wieder eine unverhoffte Wendung gab.

Er zeigte mir Fotos von seiner Tochter, ebenso seinen Stolz, dass er für sie gesorgt hatte, trotz der Distanz, für die die Mutter verantwortlich gewesen war, die noch zweimal geheiratet und weitere Kinder bekommen hatte. Dunkelhaarig, mit markanter Nase und lebhaften Augen auf den Bildern, die sie mit fünf in einem Planschbecken zeigten, schwarz gekleidet mit fünfzehn oder sechzehn, das Haar rot gefärbt, die Nase gepierct, dann zusammen mit ihrem Mann und den Kindern in Rom, so dass man den Eindruck hatte, Eva habe zwei oder drei Leben gelebt und in allen in die Kamera gelächelt. Nach Hansens Worten war sie Englischübersetzerin und ihr Mann ein italienischer Zuhältertyp, der mit Reisebüros zu tun hatte. Er war groß, gut aussehend, trug rechts ein funkelndes Armband, doch da mir die Fotos gleich wieder aus der Hand genommen wurden, vermied ich es, ihn in seiner Sorge zu bestärken. Ich weiß nicht, wie es zu unserem Einverständnis gekommen war, doch in den bequemen Chesterfield-Sesseln vor den offenen Balkontüren und den Ästen eines riesigen Tipubaums hörten wir Coltrane, Davis oder Ammons und waren uns einig, dass keiner von uns etwas sagen würde, was er nicht wollte, oder die Neugierde so mancher Frau entwickelte.

Nach einigen Besuchen fiel mir ein Detail auf. Obwohl er oben in einem Etagenhaus wohnte, hatte er einen Kamin mit Funkenschirm und Hartholzsims, leicht geschwärzt vom Feuer. Rechts darüber hatte der Ruß die Umrisse eines Gegenstands an die Wand gezeichnet, der dort eine Zeitlang gehangen haben musste. Zweimal trat ich, während Waldemar Eiswürfel aus der Küche holte, näher heran, verwundert über die scharfen Umrisse an der leeren Wand. Unter einer feinen Linie schienen sich Voluten zu sammeln, seitlich einer Achse, die zur Basis hin breiter wurde und dann abbrach.

Beim ersten Mal bemerkte Waldemar meine Neugier und stellte die Eiswürfel auf das Tischchen zwischen den Sesseln. Ich lobte den Kamin, der damals kalt war, weil es auf den Sommer zuging, er legte eine Ben-Webster-Platte auf, schenkte uns ein und zeigte mir das Cover. »Diese subtile Musik kommt von einem Kerl mit dem Bierbauch eines Lastwagenfahrers«, sagte er. »Er könnte ebenso gut Straßenkehrer sein oder Portier in einem Haus, einer Behörde.« Er präsentierte mir mehrere CD-Covers mit dem »Buchhalter« Evans, mit Billie Holiday, »einem Dienstmädchen im Sonntagskleid«, und diesem »Koloss, der gut und gern Wache vor einem Postamt stehen könnte, genannt Charlie Parker«.

Er hatte sich eingehend damit beschäftigt, sah eine ganz bestimmte Haltung darin, die bereits verrate, dass sie zwei, drei Themen zugleich spielen konnten, denn sie wüssten um den Unterschied zwischen dem, was man von einem Menschen erwartet, und dem, was er in sich trägt. »Heute haben wir das wieder vergessen, denn die Rockmusik wurde als Spektakel konzipiert. Aber diese Leute beteten noch …«, schloss er mit einem Lächeln, das ich schon bei manch einer gescheiterten Existenz gesehen hatte: bei einem Betrunkenen, der gerade einen Uppercut aus seinem Boxerleben beschrieb, bei einer Sekretärin, die lange Gedichte von Darío rezitierte, und bei einem Zauberer, der Kinder hasste. Alle strahlten ein paar Minuten lang und erloschen wieder, und hätte Hansen nicht Wert auf meine Zustimmung gelegt, ich hätte geglaubt, er wollte sich produzieren.

Bei meiner zweiten Inspektion kehrte ich vorsorglich zu den Sesseln zurück, bevor er wieder aus der Küche kam. Er erzählte wenig aus seinem Leben, und ich war nur an einem guten Gespräch interessiert, denn selten findet man jemanden, mit dem man eines führen kann, und so hatten wir uns nach ein paar Stunden zwischen Pizzaresten, Zigarettenasche und den Gläsern mit Eiswürfeln meist ordentlich in Schwung geredet, in die Sessel geflätzt wie zwei junge Kerle. Einen Freund erkennt man an vertraulichen, einfachen Gesten, mag er uns auch bloß ein Glas einschenken, doch eines Tages gesteht er seine Trauer um einen verstorbenen Bruder, und wir sind erstaunt, worüber er bisher hatte schweigen können. Chesterton sagt, die Tragödie des Menschen liege in seiner Einheit. Nur der Wurm könne zerteilt werden und weiterleben, der Mensch jedoch sehe die Folgen vieler seiner Taten, er könne nicht von seiner Vergangenheit abgetrennt werden, er müsse ernten, was er gesät habe. Das ist ein geistreicher und erschreckender Gedanke. Ich schleppe Erinnerungen mit mir, die zu anderen Leben zu gehören scheinen, und wöge jedes von ihnen nur hundert Gramm, wäre die Krone leichter, die die Könige tragen mussten. Auch meine Freunde wissen im Grunde nicht, was sie mit ihnen anfangen sollen. Da diese Leben für die anderen nicht existieren, zweifelt man selbst an ihnen, bis man eines Tages einen Teller abspült, die Vergangenheit einem auf die Schulter tippt und fragt, wie man bloß hierhergekommen ist.

Waldemar wohnte beim Physiotherapeuten um die Ecke, der donnerstags meine Armsehne behandelte, und nach den Sitzungen ging ich bei ihm vorbei. Der Schmerz verschwand, doch mir blieb die Gewohnheit, ihn zu besuchen. Er sah dann gewöhnlich die Nachrichten, und wenn es etwas Interessantes gab, schalteten wir erst später aus, er holte Eiswürfel, und ich warf den Plattenspieler an. Waldemar meinte, bei uns müsse noch der letzte Motorradunfall zur Nachricht werden, sonst gäbe unsere Wirklichkeit ein beleidigend dürftiges Bild ab. Ich dagegen glaube, dass der Mangel an Nachrichten unserem Land tote Zeit im Überfluss beschert hat, die verantwortlich ist für seine verborgenen Skurrilitäten. Nichts, was gleich ins Auge fiele, bis uns ein Vagabund erzählt, Stevenson sei schuld daran, dass er zum Schmuggler wurde, und der Friseur frühzeitig schließt, weil er zu einem Halma-Turnier geht. Um derlei drehten sich unsere Gespräche, und der Alkohol sorgte für noch sonderbarere Themen. Waldemar liebte Buster Keatons Mangel an Sentimentalität, die ihn an Chaplin störte. Er zog Bachs Suiten den Kantaten vor und war fasziniert von Grosz' Zeichnungen, nur nicht von denen aus der New Yorker Zeit. Ich begriff schnell, dass er Gefallen an diesem Spiel gefunden hatte, Intimes unter der Hand zu sagen, indem er so tat, als wären alle Kunstwerke an ihn persönlich gerichtet. Wenn ihm das treffende Wort nicht in den Sinn kam, wurde er rot und wechselte das Thema, um nicht stümperhaft über etwas zu sprechen, was ihm wichtig war. Mit der Zeit ahnte ich, dass seine Angst vor Ungenauigkeit mit der Bemühung gewachsen war, sie zu verbannen, so dass sie ihn ständig belauerte, wie einen Musiker die Geräusche ringsum belagern und einen Prediger die Sünden. Mit ihm zusammenzuleben, dürfte für keine Frau einfach gewesen sein.

Sein Großvater, erzählte er einmal, sei mit der Eisenbahn Richtung Norden davongefahren, seine Spur habe sich in Brasilien verloren. Er ließ Frau und zwei Kinder in Montevideo sitzen, hatte eine Affäre mit einer Arztfrau in Paso de los Toros, verschwand dann nach Rivera, einer Viehzüchtertochter aus Curitiba hinterher. Bei Hansens Vater wurde dieses Vorbild fast Routine, durch ein Offiziersleben von

Hafen zu Hafen, und manchmal glaubte Waldemar, dass er selbst Notar geworden war, damit es »in dieser Disziplin« nicht weiter bergab ging. Er bereute es nicht, hätte nur gern die Unbeschwertheit der Engel gehabt, die sich niemals selbst ernst nehmen. Das war unser erster Abstecher auf schlüpfriges Terrain, und ich weiß noch, dass wir die dunkleren Seiten der Geschichte mit Ironie bemäntelten.

Hansen hatte eine großartige Einstellung zu meiner Raucherei, der ich nach drei Jahren Enthaltsamkeit wieder verfallen war. Er sagte, die Schwächen eines Menschen gehörten zu seiner Lebenslust, nur nicht für die Ärzte, die die Krankheit bloß als Scheitern ihrer Instrumente begriffen. Meine Schwäche hatte mir ein Lungenemphysem beschert, aber ich hatte die Pastillen und Bonbons satt. Ihm ging es gesundheitlich gut, nie hatte ich ihn über etwas anderes als trockene Augen klagen hören, derentwegen er ständig zu Tropfen greifen musste.

Keine Freundschaft, die ich bisher erlebt hatte, konnte sich, scheint mir, so zuverlässig auf die Überzeugung stützen, dass die Welt an der Oberfläche glänzt und darunter nur gewöhnlich ist. Wir sprachen selten über unser Leben, wussten praktisch nichts voneinander, aber oft reichte ein Blick, und wir verstanden uns. Ich wusste zwar nicht, wer er war, dafür jedoch, dass er mir aufrichtig zuhören, nicht über sein Los jammern und auch mich nicht dazu ermuntern würde. Manchmal spielten wir Schach, manchmal erzählten wir uns Anekdoten von früher, bedächtig wie Männer, die allmählich alt werden.

Einige Monate lang fand ich mich pünktlich zu unseren Treffen ein, dann setzte ich zwei Wochen aus, wonach Hansen mich anrief und mir vorwarf, wie schnell ich vergessen hätte, ihn zu langweilen. Ich versprach, ihn am nächsten Donnerstag zu besuchen, und traf ihn unruhig an. Schon vor meinem Kommen hatte er zu trinken begonnen, und ich war überrascht, als er sich über die Maler beschwerte, die ihm die Fußleisten der Kaminwand ruiniert hatten, die nun gleichmäßig pastellfarben war. Er sprang von einem Thema zum anderen, als füllte er die Pausen mit dem, was ihm gerade in den Sinn kam. Ich hatte den Eindruck, dass er einen Anruf erwartete, einen Besuch vielleicht, und dass meine Gegenwart ihm half, die Nervosität zu dämpfen, doch das Telefon blieb stumm, ebenso die Sprechanlage, und als ich langsam gehen wollte, erzählte er mir, nur um mich aufzuhalten, wie mir schien, er habe vor zwei Jahren seine Tochter in Rom besucht und sei im Sommer nach Venedig gefahren, dort habe ihm eine Grippe übel mitgespielt. Schon am zweiten Tag in seinem Hotel im Rialtoviertel fesselte ihn das Fieber ans Bett, und auch am nächsten Morgen war die Temperatur nicht gesunken, weshalb er alle Kräfte zusammennahm und sich in praller Sonne in die lange Schlange vor dem Dom reihte. San Marco, sagte er, quoll über vor Touristen, und auch die Plätze und Straßen, die

Restaurants und Hotels strebten fröhlich einem Versinken entgegen, das ihre Kameras unweigerlich ablichten würden. Nach zwei Stunden wollte er schon die Schlange verlassen und ins Hotel zurückkehren, aber es fehlten nur noch wenige Meter, und so harrte er hinter dem spanischen Pärchen aus, das so aufmerksam war, sich Sorgen zu machen und ihn zu fragen, ob es ihm gut gehe. Kaum war er drinnen, schüttelte es ihn im kühlen Kirchendunkel, er musste nur das Gold der Mosaiken an Bögen und Kuppeln sehen und verlor das Gefühl für das Maß der Dinge. Raunende Stimmen schienen sich von den fünf Kuppeln über die Kinder zu ergießen, die an ihren Müttern zerrten, über all die Männer und Frauen, die sich dem langsamen Schritt derer fügten, die schon gesehen oder noch nicht gesehen hatten, wie sich da der Wille manifestierte, Gott über die Jahrhunderte hinweg zu preisen. Schleunigst sei er zu den Toiletten gegangen, nur um den Vorwurf aus seinem Kopf zu verbannen, dass er niemals etwas Schönes zustande gebracht hatte, so bescheiden und gering es auch sein mochte, das zu einem vergleichbaren Werk beigetragen hätte. Da konnten Geschäftswelt und Gericht nicht mithalten, weder die staatliche Versicherungsgesellschaft noch die Industriebank, kein einziges der Unternehmen, der Verbände und Ministerien, deren Papiere durch seine Hände gegangen waren. »Natürlich war das ein dummer Gedanke. Aber wie in Wellen schien das Lärmen der Bauarbeiten über mich hereinzubrechen, die Rufe auf den Gerüsten, all die Stimmen der Generationen von Handwerkern.«

Er konnte erst aufatmen, als er wieder draußen auf dem Platz stand und sich unter der Mittagssonne an die Stirn fasste, ausgestoßen von der Pracht, doch insgeheim dankbar. Das Erlebnis wiederholte sich im Dogenpalast vor den Tintorettos und Tizians, und als er am Nachmittag eine Ausstellung über Lucian Freud und andere Pavillons der Biennale besuchte, hätte er beinahe die Besinnung verloren.

»Ich erspare dir die Einzelheiten«, sagte er, »zwei Tage lag ich im Fieberwahn und wagte nicht, das Hotel zu verlassen.« In Waldemars Kopf verschwammen zwei ganze Tage und Nächte lang Freuds morbide Körper mit dem blitzenden Gold, den Himmelsscharen und dem Video eines Apfels im verdunkelten Teil eines Pavillons, in den in Endlosschleife eine Gabel stach. All das tanzte ihm so eigenmächtig vor den Augen, dass er von einem wirren Gedanken zum nächsten taumelte. Er glaubte nicht an Gott. Hatte es nicht einmal in der Kindheit getan, als seine Mutter ihn partout hatte katholisch erziehen wollen, aber nun peinigte ihn die Frömmigkeit bis zur Besinnungslosigkeit, und ob schlafend oder wachend, die Menge war nicht zu vertreiben, die an seinem Bett vorbeidefilierte und seinen schweißnassen Bauch besichtigte, die Knie, die schlaffen Hoden, ungerührt von der Angst, die es ihm bereitete, weiter hinten Tizians heiligen Christophorus mit dem

Jesuskind auf der Schulter und im einzigen Fenster des Zimmers den Apfel schweben zu sehen, in den die Gabel stach. »Ich erzähle dir das als Grenzerfahrung. Dieses Gefühl von Zerbrechlichkeit und Scham begleitete mich bis nach Rom, wo ich unter Evas Pflege meine Grippe auskurierte, ja es begleitet mich noch heute.«

Waldemar schlug die Augen nieder und versank im Sessel. Als fürchtete er, eine rote Linie überschritten zu haben, und ich wollte ihm nicht widersprechen. Stattdessen sagte ich, bei meinem Besuch der Biennale hätte ich einen riesigen Ventilator am Ende eines roten Gangs gesehen, der Name des Werks – den des Künstlers hätte ich wohl zu Recht vergessen – habe gelautet: Der Windtunnel.

»Genau …«, sagte er. »Zuerst empfand ich es als Beleidigung, als Angriff auf meine Intelligenz, dann zog ich mich ins Halbdunkel zurück, und während sich die Gabelzinken in den Apfel bohrten, stellte ich mir diese Art Zeitvertreib als eine hybride Form des Sakralen vor.«

Das war das zweite oder dritte Mal, dass er auf Gott anspielte, und ich machte ihn darauf aufmerksam. Er zog eine Braue hoch und blickte auf die Baumkrone über dem Balkon, die einer Windböe trotzte. »Gebet und Lobpreis habe ich eben nur in der Kunst gefunden«, erwiderte er. Ich bat ihn, das näher zu erklären.

»Ein Schwarzer singt einen Blues, in dem er bittet,

Peggy möge zurückkehren. Jemand bildet die Sonne über den Feldern ab, ein anderer eine Pietà, oder er gibt seinem Schmerz auf der Bühne Ausdruck. Was sie auch sagen, immer ist es Gebet und Lobpreis in endlos sich wandelnden Formen.«

Etwas Ähnliches habe auch Steiner geäußert, bemerkte ich. »Steiner kenne ich nicht«, entgegnete er. »Ich rede von dem, was mir selbst widerfahren ist, als hätte mir jemand gesagt: Hereinspaziert, schauen Sie, lauschen Sie, lassen Sie nur ein paar Münzen am Eingang. Das Bitten und Preisen sind zwei grundlegende Bewegungen der Seele. Niemand will mehr über die Seele reden, denn die war angeblich ein Irrtum. Damit hat die Psychoanalyse Schluss gemacht, aber das war wohl der nächste Irrtum, für mich sind jedenfalls immer noch Nominativ und Vokativ das Fundament, alle weiteren Fälle sind nichts als Verfall.« »Eine Tragödie der Grammatik«, witzelte ich. »Das dachte ich auch«, sagte er. »Als die Namen nicht mehr für sich selbst sprachen, mussten die Wörter sich beugen, von einem Fall zum anderen. Aber ich begreife nicht mehr, was da geschieht. Vielleicht habe ich nach all den Beglaubigungen, bei denen keine Unterschrift fehlen darf, nur noch darauf geachtet, was ein Dokument verspricht und in welcher Form es eingelöst werden soll. Vielleicht hat das meinen Blick auf Romane geprägt oder auf einen Haufen krummer Eisenstangen in einem Galeriesaal, auf ein Modellflugzeug, das um einen Hundehaufen kreist, oder auf Hirsts Hai. Ich begreife nicht, wie aus der Kunst Geschäft werden kann, aus dem Künstler ein Unternehmer, aus der Meisterschaft ein bloßes Objekt. Und es macht mich wahnsinnig, dass ich dennoch nichts daraus gelernt habe.«

Vielleicht sprach der Whisky aus ihm, die Einsamkeit, oder es war der Anlauf zu einem Bekenntnis, das ich nicht hatte befördern können. Ich verließ ihn mit dem stummen Vorwurf, dass er nicht so umständliche Schleifen ziehen sollte, wenn er mir etwas zu sagen hatte. Das nächste Treffen ließ ich aus, und eines Nachts überraschte mich am Telefon die Stimme seiner Tochter.

»Hier ist Eva Hansen«, sagte sie mit italienischem Akzent, ich kramte kurz im Gedächtnis und sah sie, ich weiß nicht, warum, wie auf einem der Fotos vor mir: mit gepiercter Nase und rotem Haar. »Papa möchte Sie sehen.«

Waldemar hatte mich wohl nicht selbst angerufen, weil er es nicht bereute, er hatte sich donnerstags aus dem Fenster gestürzt, und inzwischen war es Montag. Eva sagte, die Ärzte wagten keine Prognose, und wären nicht die Zweige gewesen, er hätte nicht überlebt. Sie erfüllte den Auftrag, auch wenn sie nicht wusste, wer ich war oder warum ihr Vater mich sehen wollte.

Ich versprach, am nächsten Morgen vorbeizukommen, und hatte beim Auflegen das Gefühl, dass Eva dankbar für eine Erklärung gewesen wäre. Aber es war schon nach Mitternacht, ich kannte diese Krankenhausgänge um Weihnachten und Neujahr, ich musste erst den Gedanken, spitz wie ein Nagel, abschütteln, dass er sich nichts angetan hätte, wäre ich am Donnerstag erschienen.

Am Morgen ging ich in die Klinik, ohne rechte Vorstellung, wie ich einem Freund dienlich sein konnte, der versucht hatte, sich umzubringen. Dennoch zwang ich mich, das Gebäude zu betreten, nach ihm zu fragen und lange, grau geflieste Gänge entlangzulaufen, bis ich in einer Vorhalle auf seine Schwester stieß, die sich gerade ärgerte, dass ihr Handy keinen Empfang hatte. Sie bat mich um meines, dankte, ging in Richtung der Türen, die in einen Garten führten, drehte sich noch einmal kurz um und musterte mich durch ihre Sonnenbrille. Sie wirkte älter als Waldemar, größer und trotz des Gehstocks selbstsicherer.

Wir hatten uns eben erst kennengelernt, und schon hatte sie mich neben zwei Sesseln stehen lassen, ich hoffte, mit Eva mehr Glück zu haben. Die erschien sogleich in schwarzer Tunika und mit rechteckiger Brille, die ihr Gesicht härter aussehen ließ, nun ohne Nasenpiercing, aber auch über die Distanz der Jahre hinweg vom Foto her erkennbar, das Waldemar mir gezeigt hatte. Sie setzte sich neben mich und schimpfte auf die Ärzte, die ihren Vater mit Beruhigungsmitteln vollpumpten, doch unfähig seien, abschließend festzustellen, was er sich alles gebrochen hatte. Als sie mir die Gelegenheit gab, mich vorzustellen, atmete sie tief ein, bohrte ihre Augen in mich und sagte, ich könne ihn nicht sehen. Er habe eine schlechte Nacht hinter sich und niemand dürfe zu ihm, nicht einmal sie, und würde eine Krankenschwester sie nicht auf dem Laufenden halten, sie hätte schon längst einen Riesenaufstand gemacht. Sie hatte einen Termin beim Klinikleiter und eine Privatfehde mit dem Traumatologen. Eva war seit drei Tagen in Montevideo, hatte die Nächte in der Klinik verbracht, und der Schlafmangel verzerrte ihre Stimme. Ich erzählte ihr, wie ich Waldemar kennengelernt und wie sehr mich die Nachricht überrascht hatte, aber sie konzentrierte sich auf die Türen der Intensivstation, und als die Schwester mit meinem Handy zurückkam, stellte sich unbehagliches Schweigen ein. Mehrere Sekunden lang betrachteten wir zu dritt die glänzenden Fliesen und die Philodendronblätter vor dem Fenster. Dann ging Eva sich eine Limonade holen, Hansens Schwester nahm die Brille ab und zeigte sich erstaunt, dass Waldemar einen Freund hatte.

Wanda war eine schöne Frau gewesen und bemühte sich, das nicht in Vergessenheit geraten zu lassen. Ihr graues Haar überspielte sie mit einem modischen Kurzhaarschnitt, eine schmal geschnittene Jacke betonte ihre Schultern, und ihre hellen Augen blickten mit der Geradlinigkeit eines Falken. Noch einmal erzählte ich meine Geschichte mit Hansen, hielt mich mit Lobreden zurück und übertrieb, bloß um ihr zu widersprechen, unsere Vertrautheit. Sie sagte, soweit sie wisse, habe er in seinem ganzen Leben nur zwei Freunde gehabt: ein »schwarzes Kerlchen«, das in der Kindheit bei ihnen in Colón um die Ecke gewohnt hatte, und später einen Anwalt, der ihm einen falschen Figari hatte andrehen wollen. Ich entgegnete, für Prüfungen sei ich zu alt, und sie deutete ein Lächeln an, das liebenswürdig sein sollte, kramte in der Handtasche und reichte mir ihre Visitenkarte mit der Empfehlung, keinen Gebrauch davon zu machen. Reglos sah sie mich an und setzte wieder die Sonnenbrille auf, da Eva zurückkam. Ich steckte die Karte ein, blickte rasch auf die Uhr und verabschiedete mich mit dem Versprechen, zurückzukommen, auch wenn ich die beiden nicht unbedingt wiedersehen wollte, sondern nur um einen halbwegs anständigen Abgang bemüht war.

Was auch immer Waldemar mir zu sagen hatte, es musste warten. Um neun Uhr abends rief Eva mich an und teilte mir mit, die Beerdigung finde am nächsten Morgen auf dem Buceo-Friedhof statt, eine Totenwache werde es nicht geben. Es hieß, das Rückenmark sei zu beschädigt gewesen, doch Eva ließ sich nicht ausreden, dass ärztliche Fahrlässigkeit im Spiel gewesen war, und wollte gerichtliche Schritte einleiten. Eine Szintigrafie war verlegt, eine Magnetresonanz aufgeschoben worden, und die Krankenschwester hatte eine Vene zum Platzen gebracht.

Nicht gerade ein gefundenes Fressen für Anwälte, aber ich teilte ihre Empörung, während ich mich zu fassen versuchte. Als sie auflegte, ging ich im Geist mein letztes Treffen mit Waldemar durch, suchte nach Anzeichen, die auf sein Vorhaben hätten hindeuten können, und versank in einem Meer von Vermutungen. Wie dumm der Tod ist, sieht man daran, dass er keine Unterschiede macht, auf einem Selbstmord jedoch lasten alle möglichen Gedanken. Was hatte Hansen sich gedacht? Unmöglich, zu wissen.

Bei dem Begräbnis reihte ich mich hinter Wanda Rizzi und einem großen Mann in dunklem Anzug ein, der sich als ihr Sohn vorstellte. Eva war uns ein wenig voraus und nicht nur, weil Wandas Gehstock Langsamkeit gebot, während etwas abseits, ein paar Schritte hinter uns, eine junge Frau mit langem, gelocktem Haar folgte, die kaum vom Boden aufblickte. Es war ein warmer Morgen, die Bäume warfen glitzernde Perlenmuster auf Marmorplatten und Grabmale, und die schillernde Linie des Meeressaums schnitt durch den Himmel. Wir zogen hinter den Sargträgern die Zypressenallee hinauf zur Familiengruft der Rizzis – ein Mausoleum ohne Kapelle, mit Portikus und kniendem Engel –, doch niemand ging mit ihnen in die Gruft hinab, wo sie die sterblichen Überreste aufbahrten. Eva entließ die Männer mit einem Trinkgeld, und da standen wir, die Hände gekreuzt, und hatten der schweren Eisentür nichts hinzuzufügen. Wandas Sohn war von imposanter

Statur. Über dem Hemdkragen zeichneten sich am Nacken die Muskeln ab, die bestimmt auch unter dem makellosen Sakkorücken noch angespannt waren. Sein Kopf überragte das Schweigen des kleinen Leichenzugs um eine gute Handbreit. Dann lenkte mich eine Taube ab, die auf den Stufen einer Gruft pickte, Eva machte einen Schritt rückwärts, Wanda bewegte ihren Stock, und als wäre das ein Zeichen, gingen wir auseinander.

Ich sah die Rizzis in einen mächtigen Landrover steigen, blieb neben Eva stehen und fragte sie nach ihren Plänen. Sie müsse noch ein paar Dinge regeln und werde morgen zurückfliegen, sei jedoch in einem Monat wieder hier, um die Wohnung aufzulösen. Sie war erschöpft und entschuldigte sich mit dem gequälten Lächeln der Trauernden. Ich versprach, am Abend anzurufen, und machte mich auf den Weg, zwanzig Schritte hinter der jungen Frau mit den Locken, die sich abseits gehalten, sich von Eva jedoch mit einem Kuss verabschiedet hatte. Als ich in die Rivera einbog, wartete sie hinter der Ecke auf mich. Sie war weniger jung, als ihr rötliches Haar hatte vermuten lassen, und etwas unbeholfen erkundigte sie sich, wann ich ihn das letzte Mal gesehen hatte. Wir gingen im kühlen Schatten der Platanen Richtung Zentrum, ich weiß nicht mehr, wie weit. Nina hatte Waldemar vor einem Jahr verlassen und fühlte sich schuldig an seinem Tod. Sie war um die vierzig, Psychologin und hatte einen kleinen, verstörenden Körper, der sich mit einer Art Hilflosigkeit fortbewegte. Das fiel nicht besonders auf und wurde unter anderen Umständen gewiss besser überspielt, saß jedoch tief im geschmeidigen Wiegen ihrer Hüften, in ihren verkrampften Lippen. Die beiden hatten zusammengelebt, dann hatte sie ihn verlassen, war zurückgekehrt und mehrmals wieder gegangen. Sie war überzeugt, ihn in den Wahnsinn getrieben zu haben. Soweit ich mich erinnerte, hatte Waldemar sie nur ein einziges Mal erwähnt, in Verbindung mit einem Brandfleck im Sesselpolster, doch ich verbot es mir, sie mit einer Kränkung zu trösten. Es war nicht meine Angelegenheit. Fast nichts an diesem Morgen war meine Angelegenheit, nur dieser Zweifel, der sich in meine Vertrautheit mit Waldemar geschlichen hatte. Ich fragte sie nach der Schwester, und Nina sagte, das sei eine unheilvolle Person, die Walli nicht ausreichend auf Distanz gehalten hätte. Ich prägte mir den Diminutiv als Mahnung ein, wie wenig ich Hansen gekannt hatte, und erfuhr nach kurzem Nachhaken, dass Wanda einen Freund Waldemars mit Namen Bruno Rizzi geheiratet hatte. »Eine Seele von Mensch«, sagte sie, »feinfühlig und voller Leben. Seit seinem Tod vor zwei Jahren macht Wanda nun dem Sohn das Leben schwer. Waldemar hat sie immer an ihrem Geburtstag angerufen. Dann bat sie ihn, vorbeizukommen, eine Zeitlang ging es gut, bis sie sich wieder in die Haare kriegten.« Das erzählte Nina, während ein Windstoß ihr das Sommerkleid um die Beine wickelte und wir den Friedhof immer weiter hinter uns ließen.

An einer Ecke verabschiedete ich mich, schob eine Verabredung vor, überfordert von dem krankhaften Eifer, mit dem Nina ihre offenen Rechnungen mit Waldemar begleichen wollte. Sie schienen mir nicht für meine Ohren bestimmt zu sein und meine Erinnerung mit einem Übermaß an Intimität zu befrachten. Mochte auch stimmen, was sie erzählte, ich hatte ein Recht darauf, mich wieder meinem eigenen Leben zu widmen.

Den Nachmittag über vertiefte ich mich in Boswells Biographie von Samuel Johnson. Binnen vier Stunden hatten die beiden Ordnung in meinem Geist geschaffen, ich konnte ihn wieder über die Dachterrassen der Häuser schweifen lassen, und als es dunkel wurde und ich die Kippen im Aschenbecher zu zählen begann, fiel mir unser Gespräch über die Schwächen ein. Seine hatte mir Hansen leider nicht verraten, und so waren sie mir kein Anhaltspunkt, um mir diesen Sturz von Ast zu Ast vorstellen zu können, ein Kapitel, das ich am liebsten geschlossen hätte wie das Buch, das mich nach der Lektüre jedoch wie ein schwerer Albtraum erwartete. Die Schwäche gehöre zur Lebenslust, hatte er gesagt, und wie zur Bestätigung goss ich mir ein Glas ein. Ich knipste die Lampe an und erinnerte mich an mein Versprechen, Eva anzurufen.

Die vielen Stunden in der Wohnung hatten ihre

Stimme sanfter gemacht. Sie bedauerte, dass wir uns aus so traurigem Anlass kennengelernt hatten, bedankte sich für den Anruf und sagte, in den letzten Jahren sei sie ihrem Vater allzu fern gewesen. Überall in der Wohnung hatte sie Bilder von sich gesehen, Dutzende alter Fotos gefunden, einige ihrer Schulhefte sogar, aber es quälte sie, dass ihr die meisten Dinge, die zu seinem Leben gehört hatten, völlig fremd waren. »Ich weiß nicht, ob Sie das verstehen«, sagte sie, »ich wusste von ihm nur, dass er mein Vater war.« Sie hatte ein paar Stunden geschlafen, dann versucht, einen Anwalt ausfindig zu machen, und weiter über den Grund gerätselt, der ihn zu dem Sprung getrieben hatte, denn in der Klinik hatten sie nur wenige Worte wechseln können. Wegen der Schmerzmittel habe er deliriert, lichte Augenblicke seien in unvollendeten Sätzen versandet, zwischen denen er wiederholte, »alles, was war, existiert« oder etwas in dieser Art. In einem seiner klaren Momente habe er sie gebeten, mich anzurufen. Dann hatte er einen Atemstillstand, sie wurde hinausgeschickt und konnte von da an nur noch an den Augenbewegungen unter der Sauerstoffmaske ablesen, dass er sie erkannte.

Eva betonte noch einmal, dass sie in einem Monat zurückkommen werde, vielleicht könne ich ihr dann bei den Formalitäten zur Hand gehen. Ich sagte, ich stünde zur Verfügung, und nachdem wir uns verabschiedet hatten, wiederholte ich mir Waldemars Satz.

Alles, was war, lebt. Leben ist Gedächtnis. Nur was nicht geschah, existiert nicht. Das hörte sich nicht nach einem Geistesblitz an. Die Betäubungsmittel mussten seine Worte durcheinandergewirbelt haben, und ich kombinierte sie neu. »Was existiert, war« ergab keinen Sinn. »Alles, was war, hat existiert« war eine allzu platte Feststellung. Ins Präsens gesetzt, schien der Satz die Zeit zu leugnen. Nach einigem Hin und Her klangen mir die Worte nach dem Buch der Prediger. »Was geschieht, das ist zuvor geschehen, und was geschehen wird, ist auch zuvor geschehen; und Gott sucht wieder auf, was vergangen ist«, besagte der Vers, aber weshalb hatte Waldemar ihn zitiert? Ich suchte den Wortlaut im Internet und fand heraus, dass der Satz von dem Arzt Francis Vardy Davison stammte und seinem Denkmal eingemeißelt war, in Minas de Corrales. Dass Waldemar die Worte zitierte, war seltsam, aber dass sie aus einem kleinen Dorf im Norden Uruguays stammten, war verstörend. Waren sie zufällig an die Oberfläche gekommen? Einen ganzen Nachmittag lang las ich nach, dass Davison, Sohn eines Engländers, der nach Montevideo gezogen war, in Edinburgh studierte, dort als Chirurg zugelassen wurde und 1880 im Auftrag der Gold Fields of Uruguay zurückkehrte, um all die Engländer, Franzosen, Italiener, Basken und ihre einheimischen Nachfahren zu behandeln, die Gold aus den Minen von Corrales abbauten, das sich damals noch Santa Ernestina nannte und einige Kilometer weiter westlich lag. Zwei Jahre später folgte ihm die Krankenschwester Ana Packer, aus Yorkshire gebürtig und Bankierswitwe, und erfüllte ihr Versprechen, ihn zu heiraten. Beide hatten alle Hände voll zu tun, so viele litten unter den Bürgerkriegen, den Sprengungen und der Sonne des Nordens. Davison war ein Anhänger Owens, und als das Unternehmen die McCarthy-Mine aufgab, rief er die Arbeiter zusammen und gründete eine Genossenschaft, so dass sie weiterarbeiten konnten und nicht Hunger leiden mussten. Davison und Packer lebten bis zu ihrem Tod von dem, was ihnen die Leute gaben, zwei Hühner für die Behandlung einer Lungenentzündung, ein Schaf für eine Entbindung, sogar ein Haus baute man für sie, damit sie endlich so würdig lebten, wie es Helden gebührte. Davison war Frühsozialist, Packer hingegen korrespondierte mit der Königin Victoria, die den Dorfkindern Geschenke schickte. Vielleicht hatte er Anleihen bei der Bibel genommen, um das Selbstvertrauen der Minenarbeiter zu stärken: »Wenn sie Gold gefunden haben, können wir das auch.« Es war eine der Geschichten, wie sie die Einwanderung in Amerika geschrieben hatte, doch so interessant die Eroberung des Goldes sein mochte, nichts davon führte mich zu Waldemar.

Ein paar Wochen später begleitete ich einen Freund zur Versteigerung einer Bibliothek nach Buenos Aires und blieb eine Weile dort, so angenehm war es, in der Menge unterzugehen, die den

Zügen entstieg, die U-Bahn-Treppen heraufkam, die Cafés, Theater und Plätze überschwemmte. Ich hatte mich einige Jahre vom Großstadtasphalt ferngehalten und war dann nach Montevideo zurückgekehrt, aber Buenos Aires ist etwas ganz anderes als diese gepflasterte Schwermut mit Blick aufs Meer. Ich war dankbar für die Hölle seiner Straßen, für die anonymen Gespräche, das Röhren der Busse. Wer vergessen will, sucht sich besser eine Stadt, die überquillt von Bauarbeiten, Politskandalen und Polizeisirenen, von Leuten, die mit einer Unzahl von Absichten vorwärtshasten. Ich ließ mich von den Schaufenstern verlocken, vom Wiedersehen mit alten Freunden und von einem halben Dutzend Büchern, die ich in einer Buchhandlung in Palermo gekauft hatte, zwei davon jedoch auf der Rückfahrt im Schiff liegen ließ.

Zu Hause hatte ich eine Nachricht von Nina auf dem Anrufbeantworter. Eva war in Montevideo gewesen, sie wollte Bilder verkaufen und hatte ihr aufgetragen, meinen Rat einzuholen. Ich rief zurück, und sie erzählte mir, Eva habe das Sáez-Porträt schätzen lassen, aber die Summe sei niedriger als Wandas Angebot. Ihr wollte es Eva aber nicht verkaufen, und deshalb sollte Nina mich fragen, ob ich einen Interessenten kannte.

In dick aufgetragenen Farben zeigte Waldemars Ölbild ein Mädchen mit kränklichem Gesicht vor einem Hintergrund in fleckigem Ocker. Seiner Vermutung nach stellte es Julieta de la Fuente dar, die

Frau des Dichters Julio Herrera y Reissig. Er hatte mir alte Aufnahmen von Julieta gezeigt, damit ich den Mund, den Zauber ihrer großen Augen vergleichen konnte, und die Ähnlichkeit war frappierend, doch Sáez war 1901 gestorben, und Julio hatte Julieta erst einige Jahre später kennengelernt. Hansen meinte, ihr Porträt hätte sehr gut früher entstanden sein können als das Herrera-Bild, das der Argentinier Eduardo Constantini erworben hatte und das ich mir, zum Gedenken an unsere Gespräche, gerade im Malba angesehen hatte, doch das hielt ich für unwahrscheinlich: Julieta gehörte nicht zu dem Patrizierkreis, den Sáez besuchte. »Montevideo ist schon immer ein Dorf gewesen, warum soll er sie nicht in einem Laden kennengelernt haben oder bei einer gemeinsamen Freundin?«, hielt er dagegen. Ob es nun Julieta de la Fuente darstellte oder nicht, das Bild war für Hansen ein Grundstein gewesen, und ich hatte in einem bescheidenen Winkel des Museums, vor dem Porträt Julios, daran denken müssen, in der trügerischen Hoffnung, dass Eva von den Sachen ihres Vaters das Bildnis des Mädchens behalten würde.

Nina betonte, dass Waldemar es nie im Leben seiner Schwester verkauft hätte, und ich bat sie um Evas Mailadresse, ich würde mich umhören und den Kontakt herstellen, wenn ein Interessent auftauche. Sie gab sie mir, und eine Pause entstand, ihre Stimme wurde ernst, als sie mich fragte, was Walli mir über das Kreuz erzählt habe. Niemals hatten wir über ein

Kreuz gesprochen, doch aus Schwäche sagte ich: nicht viel. Daraufhin stammelte sie etwas, was ich nicht verstand, und fügte hinzu, Walli habe Angst davor gehabt. Was auch immer er mir erzählt habe, er sei wie besessen davon gewesen.

Das war der erste Hinweis darauf, dass Hansens Geheimnisse womöglich etwas Krankhaftes an sich hatten. Der zweite kam zwei Wochen später von seiner Schwester. Wanda rief mich an, um mir eine Audienz zu gewähren. Ich fragte sie nach dem Grund, doch sie weigerte sich, am Telefon darüber zu sprechen, und so musste ich für eine Verabredung dankbar sein, um die ich nicht gebeten hatte, und ging eines Nachmittags zu ihrem Haus in Carrasco, umfriedet von kahlen Zypressen, mit riesigem Garten zwischen Villa und Zaun und einem Wachhäuschen an jeder Ecke. Das Dienstmädchen führte mich in ein Büro mit weißen Möbeln, weißem Teppich und weißen Wänden, an denen zwei Originalzeichnungen von Rodin hingen. Sie ließ mich in einem Sessel zurück, und die Minuten, die Wanda auf sich warten ließ, verbrachte ich in der Angst, zu beschmutzen, was immer ich anfasste. Eine Fensterfront ging auf den Garten, die dicken Scheiben warfen das Licht zurück, doch man konnte nach draußen sehen, und obwohl die Februarsonne herunterknallte, war das Büro eine Kapsel voll frischer Luft, was den Gedanken nahelegte, dass Wandas Leben niemals mit etwas in Berührung kam, was ihr unangenehm war.

Sie trat durch eine Seitentür herein, setzte sich, reichte mir eine schlaffe Hand und fragte, wie viel Lerena biete, der Freund, den ich mit Eva in Kontakt gebracht hatte. Sie trug eine Seidenbluse, Perlenohrringe, und ihr nackter faltiger Hals hielt ihren Kopf mit der Nüchternheit eines Sockels. Sie sah mir starr in die Augen und wartete auf meine Antwort.

»Ich weiß nicht, Wanda, warum das Bild so wichtig für Sie ist, aber ich kann Ihnen nicht helfen.«

Sie lehnte sich im Sessel zurück und betrachtete mich neugierig.

»Ich hatte gedacht, wir könnten uns verständigen«, sagte sie.

»Das will ich gar nicht ausschließen, nicht einmal, wenn es um Ihren Bruder geht.«

Da schien ihr einzufallen, unter welchen Umständen wir uns kennengelernt hatten, und ihre Hand auf dem Stockknauf zuckte. Der Griff war aus Bein, ohne Firlefanz. Der Stock wiederholte senkrecht neben dem Sessel die gerade Linie von ihrem Rücken, Hals und Willen. Fest packte sie den Knauf mit ihren langen Fingern und fragte, ob ich Waldemars Leidenschaft geteilt hätte. Wenn sie die Kunst meine, entgegnete ich, sei ich nur ein neugieriger Zaungast, und um mich liebenswürdig zu zeigen, erzählte ich ihr von unseren Mutmaßungen über das Mädchen auf dem Bild. Wanda wusste nichts über Julieta de la Fuente oder Julio Herrera, kannte aber das Bild, das ich im Malba gesehen hatte. In der Sammlung, die sie von ihrem Mann geerbt hatte, befanden sich ein halbes Dutzend Sáez-Porträts. Sie sagte, Bruno habe Waldemar den Sáez »zu einem lächerlichen Preis« verkauft, und schürzte die Lippen. Das warf zumindest etwas Licht auf ihr Interesse, ob sich daraus nun ein persönlicher Grund ableiten ließ oder nicht.

Wanda sammelte lateinamerikanische Kunst, besaß eine Galerie in São Paulo, hatte gerade eine weitere in Mexiko-Stadt eröffnet, und mir schien, als handelte sie mit dem Kapital mehrerer Unternehmen. Als sie mit ihrer imposanten Aufzählung zu Ende war, konnte ich mir die Bemerkung nicht verkneifen, ich hätte gedacht, Waldemar habe nur zwei Freunde gehabt.

»Mein Mann war nicht Waldemars Freund. Nicht wirklich«, verbesserte sie sich. Sie wandte den Kopf zur Seite und verzichtete zum ersten Mal darauf, mich anzublicken. Ich war froh, nicht mehr den Druck ihrer Augen zu spüren, und sei es nur für einen Moment. Das Make-up um Wangenknochen und Mund betonte den Stolz, der ihr, wie ich erriet, schon immer eigen gewesen war. Da erzählte sie mir, ihr Mann habe Waldemar mit der Frau hintergangen, die so unverschämt gewesen sei, bei der Beerdigung zu erscheinen, Waldemar habe es gewusst und sie habe ihn nicht beschützen können. Sie sah mich wieder an und fügte hinzu: »Mein Bruder, wissen Sie, hat sich geschämt. Nicht, weil er einen schweren Fehler begangen hätte; das hat er womöglich nie. Es erstaunt mich nicht, dass er sein einziges Delikt gegen sich selbst begangen hat.«

Nach diesen Worten klingelte ihr Handy. Sie versprach, zurückzurufen, sobald sie Zeit habe, nahm ihren Stock, stand auf und bat um meinen Arm als Stütze. Ich bekenne, dass ich im Glauben losging, sie würde mir ihre Sammlung zeigen, um mich noch mehr zu beeindrucken, aber nach ein paar Schritten stand ich vor der Tür. Bevor sie mich verabschiedete, sagte sie, sie biete meinem Freund das Doppelte des Kaufpreises, streckte mir die Hand entgegen, und das Dienstmädchen begleitete mich zum Eingangstor.

Zwei

Ich malte mir das unheimliche Quartett im Garten der Carrasco-Villa aus, Waldemars Blick, als seine Schwester ihm ein Glas reichte, beide entschlossen, von der Sommernacht zu reden, während Nina Richtung Bad verschwunden war und Bruno etwas in der Küche zu erledigen hatte. Hansens Selbstmord mochte gewöhnliche, fremdgängerische Gründe haben. Aber auf wie viele verschiedene Weisen hätte er sich noch schämen können, und weshalb sollte ein Kreuz ihm Angst eingejagt haben?

Meine Fragen überschlugen sich, als Eva anrief und sich bedankte, weil ich ihr einen Käufer für das Bild vermittelt hatte. Ich wusste, dass sie in Montevideo war und die Wohnung auflöste, denn Lerena war vorbeigegangen, um das Gemälde abzuholen, und hatte mir erzählt, er habe auch die Kykladenidole gekauft, die ich dort auf dem Wandbord hatte stehen sehen. Ich fragte, wie es ihr gehe, und sie lud mich zum Abendessen in ein Restaurant in der Calle Williman ein, wo sie mir erstaunlich jung vorkam, geistreich sogar. Sie trug das Haar nun kurz, was ihre Nase betonte und die Tiefe ihrer dunklen Augen. Sie war aufgeregt, weil man ihr ein Angebot für die Wohnung gemacht hatte, beklagte sich, wie viel Mühe es koste, die Möbel loszuwerden, und sprach beim Essen immer wieder von Waldemar. Eine Seele von Mensch, sagte sie, soweit sie zurückdenken könne, habe er ihr nicht die kleinste Bitte abgeschlagen, ob sie etwas gebraucht oder sich nur gewünscht habe, obwohl sein Verhältnis zu ihrer Mutter nicht einfach gewesen sei. Die beiden hatten sich auf einem Kinofestival kennengelernt, waren zwei Jahre zusammen gewesen, dann hatte sie ihn verlassen, entschlossen, das Kind allein zu bekommen. Wegen der Alimente hatte sie sich aber wieder an ihn gewandt, wegen der Bedürfnisse einer Mutter mit allzu vielen Ansprüchen, denn da war nicht nur das Kind, sondern auch ihre Berufung für das Theater, ein wirrer Reigen von Freunden, Geliebten, Ehemännern, weiteren Kindern und all dem, was Eva als eine chaotische Kindheit in Erinnerung hatte, zu der zwei Geschwister, drei Väter und eine ungewisse Anzahl von Großmüttern gehörten. Damals war er ihr Prinz gewesen, so einsam und ernst, wie eine lange Geschichte ernst sein kann, ein großes Eis, Schultern, auf die man klettert. Später war sie zu dem Schluss gekommen, dass er in einer Höhle voll verstaubter, altmodischer Dinge lebte, aber wenn er ihr nicht alles gegeben hätte, so viel begriff sie am Ende, sogar das Zimmer, in das sie zog, als sie sich mit ihrer Mutter zerstritten hatte, und die jahrelangen Therapiesitzungen, sie hätte niemals die

Übersetzerausbildung beendet oder ihr Glück in Italien versucht, wo sie Arbeit fand, heiratete und zwei Kinder mit einem Mann bekam, den ihr Vater niemals gebilligt hatte. Außer Nina hatte er ihres Wissens nur eine einzige Beziehung gehabt, mit einer etwas älteren Frau, Mutter zweier entsetzlicher Kinder, mit denen sie einmal die Ferien in Atlántida verbracht hatte, und sie wusste noch, wie eifersüchtig sie gewesen war, als sie Nina kennengelernt hatte. Das war an Weihnachten bei Wanda gewesen, die Nina verboten hatte, im Esszimmer zu rauchen, worauf die sich betrank und mit Bruno flirtete, nach dem Essen in den Pool sprang und solche Krämpfe bekam, dass sie sich am Ende in Begleitung von Wanda und Waldemar auf der Intensivstation wiederfand. Damals hatte sie Nina ebenso gehasst, wie sie ihre verbitterte Tante hasste, hatte mit der Zeit jedoch gelernt, Ninas flatterndes Nervenkostüm zu tolerieren, aus Angst, ihr Vater würde wieder allein bleiben. Das hatte er nicht verdient, und sie selbst hatte ihm bereits zu viele Probleme bereitet. »Jeder hat seine eigene Familienhölle«, sagte sie, »ich bin da keine Ausnahme, aber eines Tages stirbt der Prinz, halt, nein, er springt vom Turm! und landet in einem Zimmer voller Sonden und Monitore. Er war nicht fürs Mitleid geschaffen, sondern dafür, all das zu verteidigen, was ich verachtete, all das, was er erreichen wollte, all das, was ihm misslang, und ich hatte geglaubt, dass er besser damit zurechtkam als ich mit meinen Problemen. Jemand, der niemals etwas brauchte, der für sich lebte, stark und unabhängig, auch wenn er mir immer wieder Ratschläge erteilen musste. Den zum Beispiel: Wenn du am Boden bist, vertrau auf dich selbst. Vor allem, wenn du wirklich Mist gebaut hast, denn dann schert sich keiner mehr um dich. Es dauerte lange, bis ich mir mit diesem Spruch aus einem Haufen Schwierigkeiten helfen konnte. Aber dann vergisst der Mensch mit einem Mal, sich selbst einen Ratschlag zu geben, und wirft sich aus dem fünften Stock. Hatte er keine mehr? War sein Kopf nur noch voll von Lektionen, wie man sich umbringt?«

»Vor Jahren«, fügte sie hinzu, »als er bei uns zu Besuch war, hat es mich gerührt, wie er mit meinem älteren Sohn am Neptunbrunnen saß, wie sie beide den Tauben zusahen, die Schultern hängen ließen, einer ein Spiegelbild des anderen, und ich sagte mir: Mist, ich kenne nur eine Handvoll Anekdoten aus seiner Kindheit, dass er einmal vom Feigenbaum gefallen ist und sich den Arm gebrochen hat, dass bei ihnen zu Hause der Schuppen gebrannt hat und dergleichen Unsinn. Ich kann von Glück sagen, dass ich seine Mutter noch kennengelernt habe, eine etwas verrückte Person, die mit einem Dichter in der Altstadt lebte und die wir sonntags immer besuchten. Er brachte ihr Geld, und wenn der Mann betrunken war, gingen wir runter in die Bar. Sie hatte den Blick eines verschreckten Vogels. Immer fragte sie ihn nach Wanda, denn die kam sie nie besuchen. Wanda hatte sich auf die Seite des Seeoffiziers geschlagen, mein Vater auf die Seite dieser Frau, die früher einmal fröhlich gewesen war, meine Großmutter, die mir Blumen aus Papierservietten schenkte. Alte Postkarten. Doch egal, ob ich ihn liebe, hasse oder verdränge, ich sehe immer nur mich selbst, wie vor einem Spiegel: da war ich schlecht, da war ich gut, da habe ich es vermasselt. Wenn ich endlich nicht nur mich sehen würde, wüsste ich, warum er sich umgebracht hat. Ich habe nicht die geringste Ahnung.«

Evas Augen funkelten, vielleicht weitete auch ein Aufputschmittel ihre Pupillen. Manchmal war mir, als sähe ich das Piercing an der Nase, als hätte es in dem Gesicht überlebt, das sie mir mit dem Temperament ihrer sechzehn, siebzehn Jahre zuwandte. Ich sah zu, wie sie trank, Speichel im Mundwinkel sammelte und das Interesse am Essen verlor. Es war offensichtlich, dass sie sich an der Serviette auf dem Tisch festklammern musste. Auf einmal schien sie zu glauben, dass sie mir zu viel erzählt hatte, biss sich auf die Lippe und entschuldigte sich.

Ich bat sie, mir ihre Söhne zu zeigen, und sie schlug die Augen nieder, wühlte in der Handtasche und zog ein paar Fotos aus dem Portemonnaie. Cosimo und Dino, fünf und sieben Jahre alt, blickten mit der Bescheidenheit von Göttern in die Kamera. Der Ältere sah ihr sehr ähnlich. Sie erzählte mir von ihnen, von ihren Einfällen und wie gern sie die beiden mitgebracht hätte. Sie hatte ihnen erzählt, ihr Großvater sei von einem Klavier erschlagen worden. Er sei die Straße entlanggegangen, und ein Klavier sei ihm auf den Kopf gefallen. Das könnten sie sich wie im Zeichentrickfilm vorstellen, und es sei allemal besser, ein Klavier fallen zu sehen, als den Großvater.

Kein einziges Mal erwähnte sie ihren Mann, weshalb ich annahm, dass sie allein war wie ihre Mutter, wie in Zukunft wohl die meisten Mütter. Ein Freund hatte einmal gesagt, die Geschichte der Menschheit sei die von Mutter und Sohn, die beiden seien der Anfang und das Ende. Zunächst weite sich der Kreis, aber nicht weit genug, eines Tages fange der Mann an, seine Frau Mama zu nennen, sie nenne ihn Papa, und man begreife, dass sich die Leute aus schicklichen Gründen trennen. Mit diesen Gedanken zerstreute ich mich, während Eva auf der Toilette war, und als sie geschminkt und gefasst zurückkam, gingen wir die paar Straßen bis zu Waldemars Wohnung. Sie war nun distanzierter, machte sich vielleicht Vorwürfe, sagte, sie werde noch eine Woche bleiben, um Abnehmer für die Möbel zu finden, und bat mich beim Abschied um einen Gefallen. Sie traue sich nicht, einen Blick in Waldemars Computer zu werfen, habe Angst, sich die Festplatte ihres Vaters anzusehen. Schwer genug sei es gewesen, mit den eigenen Erinnerungen zurechtzukommen, sie wisse nicht, ob sie die nun gegen unumstößliche Gewissheiten eintauschen wolle. Sie bat mich, ihn mit nach Hause zu nehmen und sie anzurufen, falls ich eine Geschichte fände, die ihre Söhne befriedigen und stolz machen könne. Für mehr sei sie nicht gewappnet. Später vielleicht. Sie werde mir schreiben. Bisher war ich bloß liebenswürdig gewesen, und obwohl eine Stimme mir riet, sie ihren Angelegenheiten zu überlassen, war es doch schwer, den Rechner zurückzuweisen; mein Zögern gab ihr die Gelegenheit, sich rasch zu verabschieden und hinter der Tür zu verschwinden.

Ich ging mit dem Gefühl nach Hause, einen Fehler zu begehen, hielt mir das immer wieder vor Augen und kehrte am nächsten Morgen zu Hansens Wohnung zurück. Eva war mit ein paar Leuten beschäftigt, die Möbel die Treppe hinuntertrugen. Die Wohnung war halb leer, man sah geschlossene und offene Koffer, dazwischen Packpapier, und sie lief mit einem Kopftuch und Gummihandschuhen hin und her. Inmitten des Durcheinanders wechselten wir nur wenige Worte, ohne die Vertrautheit des vorigen Abends, ja fanden kaum einen Platz zum Hinsetzen. Sie hatte die Vorhänge abgenommen, die Musikanlage und die CDs waren in Kisten verpackt, und ich hätte beinahe gefragt, was sie mit ihnen vorhatte. Aber um ehrlich zu sein, war mir die Wohnung so unbehaglich, dass ich am liebsten geflohen wäre. Eva führte mich in Waldemars Arbeitszimmer und zeigte mir den Computer, während sie den Möbelträgern Anweisungen gab. Ich war ein paarmal in dem Raum gewesen, aber damals hatte er noch wie ein echtes Zimmer gewirkt, in dem alles am angestammten

Platz zu sein schien. Jetzt bevölkerten es nur noch sinnlose Bündel, wirre Kabel und eine Fliege, die gegen das Fenster flog. Eva kam und ging wieder, also verabschiedete ich mich, den Computerkasten unter dem Arm, als trüge ich eine Schuhschachtel mit mir. Aber ich trug Hansens Gedächtnis wie die anderen seine Sessel, und im Grunde strebten wir unten mit der gleichen obszönen Gier auseinander.

Ich überließ mich dem Glauben, dass ich nur die Programme öffnen musste und eine Antwort finden würde. Bevor ich den Computer anschloss, rauchte ich meine Zigaretten auf, ging einkaufen, machte das Bett, ordnete Bücher, und als mir die Vorwände ausgingen, schaltete ich Hansens Elektronenhirn ein, ohne ermessen zu können, wie sehr es mich noch überraschen würde. Über Turmzinnen hinweg sah man die Menschenmenge, die sich an einem Sommertag über die Karlsbrücke schob, und weiter hinten das gotische Dach des Schlosses, auf das ich während meiner Prager Zeit so viele Nächte geblickt hatte, meist nach den alkoholschweren Konsulatsfesten, wenn ich einen klaren Kopf bekommen wollte, und zusammen mit Wowa von der russischen Botschaft, der sich mit mir betrank. Nie vergaß Wowa ein paar Kronen für die Bettler hinzuwerfen, die auf dem Brückenpflaster knieten, die Stirn auf dem Boden hinter ihren Mützen. Bei jeder Krone hoben sie kurz den Kopf, wie ein mechanischer Hund auf Münzeinwurf, aber Wowa war der Ansicht, sie schuldeten ihm mehr für sein Geld, schrie auf Russisch und forderte ein Gebet für seine verlorene Seele.

Ich erkannte die Häuser und Straßencafés am Moldauufer wieder und öffnete linker Hand einen weiteren Ordner, als ginge ich Stufe für Stufe treppab. Ich stieß auf zahllose Fotos. Mit seinen Enkeln, mit Eva und ihrem Mann, bei Spaziergängen in Rom und an einem Tisch, jünger und lächelnd. In Paris, in Begleitung einer Frau mit großen Vollblutaugen, auf dem Friedhof Montmartre vor dem Grab Heinrich Heines. Auch mit Nina, in New York, beim Herumalbern in einem Jazzclub, im Central Park, die Füße im Schnee versunken. Waldemar zeigte einen arglosen Blick, den ich in abgeschwächter Form noch kennengelernt hatte, doch auf dem Bild offenbarte er seine Wehrlosigkeit mit herausforderndem Selbstvertrauen.

Sein Bilderschatz speicherte alte, zerfledderte Schuhe an den Füßen einer alten Frau, ein Paar rissige gelbe Arbeitsstiefel neben einer leeren Flasche auf der Straße, Mauern mit zerfetzten Plakaten, Ezra Pounds Grabstein in San Michele und das Grab von Joseph Brodsky; zahlreiche Friedhofsskulpturen, Flieger mit Trophäen, Boxer mit Handschuhen, Kinder mit Spielzeug und endlos viele Engel: Seraphim und Thronengel, denen ein Arm oder ein Bein fehlten, alte, glatzköpfige Engel, Gerippe fast, Erzengel mit gebeugtem Knie und Schwert in der Hand oder im Hintergrund lehnend, im Schatten der Trauernden, gleichmütig und sinnlich. Pounds Grabplatte war von Efeu umrankt, ein filigranes ockerfarbenes Blatt hängte sich als Schnörkel an das »d« wie bei einer Unterschrift, und die pralle Sonne warf den Schatten des fotografierenden Waldemar auf den Marmor, wie eine Frage, die in eine andere mündete. All das schwebte im Limbus dieser wenigen Momente, die ihn überlebt hatten, Erinnerungen, die Oberfläche blieben, offensichtlich und unzugänglich, so dass meine Neugier erlahmte und ich zur Karlsbrücke zurückkehrte, um die nächste Tür zu öffnen.

Ich stieß auf Miniaturen und Gemälde von Dürer, Schiele, Klimt, Rothko, auf ein Bild von Cézanne, in dessen Pinselstriche man bis zur Pigmentmasse vordringen konnte. Hansen hatte viele Museumsseiten gespeichert und unzählige Jazz- und Bluesplatten, Kammermusik und Opern. Ich fand eine Enzyklopädie, Wörterbücher verschiedener Sprachen, Filme von Buster Keaton, Bergman, fast alles von Tim Burton, Videos von Katzen, die verrückte Dinge anstellten, und eine Aufnahme aus dem Jahr zweiundsechzig, in der mit schwermütigen Augen und prallen Lippen Nina Simone vor einem Klavier saß und *I loves you Porgy* sang. Tagelang bekam ich sie nicht mehr aus dem Kopf. Es war nicht bloß der intime Rahmen, die bescheidene, kahle Bühne, es war etwas, was sich seit Urzeiten aus einem Regenrauschen zu erheben schien, doch niemals Erleichterung brachte. Vielleicht eine Klage über all das, was ihr missglückt war und was sie nun dem Lied hinzufügte, als sänge sie zwei Texte auf einmal.

Ich sah Coltrane, Parker, Davis und viele andere Musiker, die sich in alten Fernsehstudios beim Spielen abwechselten, mit grauen Anzügen, Krawatten, Zigaretten, wie sie den Speichel aus den Mundstücken schlugen, die Arme kreuzten, auf den nächsten Auftritt warteten.

Ein anderes Tor führte mich zu Formularen und Urkunden von Leuten, die Autos, Häuser oder Land verkauften, Vollmachten abtraten oder Gewinne ausschütteten. Ich fand Straßenkarten verschiedener Länder, Zeitungsartikel, Reiseführer, und als ich sein Mailprogramm öffnete und ihm auch dort über die Schulter spähen wollte, stieß ich auf einen weißen Bildschirm. Ein Weiß, das schwindlig machte, als spränge Hansens Elektronenhirn ins Leere.

Ich versuchte, die Angelegenheit zu vergessen, ärgerte mich über meinen Mangel an Diskretion. Er hatte seine Geheimnisse mit ins Grab genommen. Das war sein gutes Recht. Aber wie hatte er gelebt? Das war nicht meine Sache. Ich wusste, wie er gestorben war. Das war kein Geheimnis. Aber ich wollte herausbekommen, aus welchem Stoff er gemacht war. Zu seinen Lebzeiten hatte ich es nicht versucht. Jetzt wollte ich es wissen, gebannt vom Abdruck eines Kreuzes, auf einer Auktion erstanden, vielleicht in einem Antiquitätenladen in der Calle Florencia oder in der Tristán Narvaja. Es musste dort wenigstens einen Winter lang, vielleicht auch länger, gehangen haben, während sich der Rauch aus dem Kamin an seine Umrisse heftete. Dann wollte er es nicht mehr vor Augen haben. Was sah er darin? Schließlich überdeckte er die Spuren an der Wand.

Einige Tage lang war ich versucht, Nina anzurufen und sie danach zu fragen, doch ich fürchtete, mich in den geschmeidigen Andeutungen ihrer Stimme zu verfangen. Um ehrlich zu sein, untergrub sie meine Motive. Ich wollte sie schon anrufen, verband jedoch eines Abends Hansens Elektronenhirn mit dem Internet und entdeckte, dass er in Outlook sein Mailkonto nicht gelöscht hatte. Eine Spam-Lawine brach sich Bahn, und von Stunde zu Stunde folgten mehr Junkmails. Eine Woche lang flossen Angebote für Medikamente, Spycams, Englischkurse und Methoden zur Penisvergrößerung herein. Die Welt stürmte die Mailbox eines toten Mannes mit ihrer Flutwelle von Paranoia und Hirngespinsten. »Warten Sie nicht länger«, »montieren Sie Gitter«, »verlängern Sie Ihre Lust!«. Alles versprach das Neuste vom Neusten, wie die Waschmaschinenwerbung Anfang der 50er, und mit erdrückender Hartnäckigkeit. Bei jeder Nachricht gab es einen Piepton, ich ging hin und schaute auf den Bildschirm, als angelte ich an einem Flussufer. Komm schon, sagte ich, niemand ist völlig allein auf der Welt.

Vier, fünf Tage vergingen, bis eine echte Nachricht kam. »Entweder bist Du allzu gefesselt von

Deinem neuen Freund, um Dich an mich zu erinnern«, hieß es dort, »oder Du hast die bitteren Gedanken aufgegeben. Die ganze Zeit über musste ich an Dich denken, doch offen gestanden habe ich ebenso versucht, Dich zu vergessen. Sonne und Vögel helfen dabei, hier und da ein Schmetterling. An manchen Tagen habe ich nicht übel Lust, Dich zu erwürgen, dann kommt meine Enkelin, und ich sage mir, ich sollte Dir die Chance geben, sie kennenzulernen. Heute haben wir zu ägyptischen Trommeln getanzt, bis wir auf einen Wäscheberg sanken, da haben uns dann Juanucho und meine Schwiegertochter gefunden. Ich glaube, sie halten mich für dekadent. Aber sie haben keine Wahl, das ist mein Vorteil. Ein Geständnis: Ich war schwermütig, ich habe mir einen Pullover gekauft und bin im Park spazieren gegangen. Die Trommeln haben mich gerettet, und Leila, die sich ein Kamel von mir wünscht, um durch Afrika zu reiten.

Die drei weißen Blütenbilder, von denen ich Dir erzählt hatte, meine drei Bräute, sind in der Empfangshalle eines deutschen Hotels gelandet, aber mehr schreibe ich Dir nicht, bis Du mir nicht von Dir schreibst. Erzähl mir, wie es Dir auf dem Kreuzweg nach Corrales ergangen ist, und bitte, sag, dass alles ein gutes Ende gefunden hat. Ich habe darüber nachgedacht, was passiert ist, und hoffe, Du wirst über mein Fazit nicht die Nase rümpfen: Du hast getan, was Du tun musstest, das sollte Dir genügen.

Ich schicke zwei dicke Küsse. Pass gut auf Dich auf. Deine Verónica.«

Die Nachricht war um drei Uhr früh von einer argentinischen Mailadresse abgeschickt worden, der einzige Hinweis auf ihre Herkunft. Was auch immer in Corrales geschehen sein mochte, Verónica wusste es, wusste möglicherweise noch mehr, war auf selbstlosere, ehrlichere Art mit ihm vertraut als Nina oder Wanda, aber es fiel mir schwer, sie von Hansens Tod zu unterrichten oder mein Eindringen in seinen Computer zu rechtfertigen. Ich musste erst den Streit um das Gemälde erklären, meine Begegnungen mit Eva, mein Interesse an ein paar übertünchten Spuren an der Wand. Nichts davon konnte man einer Frau ohne Gesicht sagen, und dennoch versuchte ich in endlosen Entwürfen die Furcht zu bemänteln, sie zu verlieren, bis ich ihr, des Probierens müde, die Version Nummer zehn schickte.

Verónica antwortete an einem Freitagabend. »Die Welt ist ein Berg von Verrückten. Warum willst Du den Gipfel erklimmen?«, sagte sie, riet ihm, sich zu entspannen, versprach, ihm zu helfen, und bestätigte, dass sie seine Mails aufbewahrte, »vom Anfang aller Zeiten«. Sie werde sie ihm nach und nach schicken, sobald sie nicht mehr ihre Naivität verfluche. »Ich hatte gedacht, Du bewahrst sie auf«, beschwerte sie sich.

Aus dem Mailwechsel, den ich für sie improvisierte, voll bedenklicher Gedächtnislücken und Mutmaßungen, die sich auf ihre Worte und meine Gespräche mit Waldemar stützten, erstand die Frau mit den weit auseinanderliegenden, wachen Augen, die ich ins Schaufenster einer Buchhandlung in Saint-Germain hatten blicken sehen. Hansens Elektronenhirn speicherte Fotos, die sie zusammen im Jardin du Luxembourg, vor dem Schild der Terrasse Lautréamont oder an einer Straßenecke zeigten, und bevor ich sie hinters Licht führte, betrachtete ich ein paar Sekunden ihr Bild vor dem Buchladenfenster, beunruhigt von der Faust, die den Kragen der Windjacke zuhielt und sie vor mehr zu schützen schien als vor der Pariser Kälte.

Sie schickte mir die Nachrichten schubweise, ihre und seine, Mosaiksteine einer Geschichte, deren fehlende Teilchen ich mir erschließen musste. Sie hatten sich auf einer Vernissage kennengelernt. Als Verónica ein Bild befleckt hatte, weil ihr Weinglas mit Waldemars Ellbogen zusammengestoßen war, gestand sie es ihm flüsternd und veranlasste ihn, das Malheur mit Blick Richtung Saal zu verdecken, und so blieben sie vor dem Werk stehen, lächelnd und nervös, bis ihnen zwei arglose Gäste in der Nähe den Rücken zuwandten und sie ihren Platz verließen.

Wie genau es weiterging, weiß ich nicht. In den ersten Mails wurde über den Vorfall gescherzt, Waldemar bedauerte, nicht gesehen zu haben, wie sehr das Gemälde dadurch gewonnen hatte, und sie versicherte, der Cabernet sei hervorragend gewesen.

Es war von einem Rendezvous die Rede, das keine Gestalt annehmen wollte, Verónica reihte eine Ausrede an die andere, Aufschübe, doppeldeutige Antworten, und eines Tages bat sie ihn, sich zu retten. Sie warf sich vor, das Leben ihrer Nächsten zu ruinieren. Doch insgeheim ließ sie sich von Waldemars Hartnäckigkeit bezwingen. Sie hatte Angst vor ihren Kindern, vor ihren Eltern, ihrem Exmann, einem Theaterschauspieler, den Hansen schüchterne, furchtsame Figuren hatte spielen sehen, der Verónica jedoch mehrmals geschlagen hatte. Sie glaubte, Waldemar habe sich in die paar albernen Tricks verliebt, die sie täglich anwandte, um nicht ganz so entsetzlich auszusehen, und ermunterte ihn, sich andere Frauen zu suchen. Hübschere, jüngere, die gebe es zuhauf. Doch jede ihrer Weigerungen machte die Begründung intimer, und sie wurden ein Liebespaar. Sechs Monate später reisten sie nach Prag, Genf und Paris, von wo sie mit dem Plan zurückkehrten, ein gemeinsames Leben zu versuchen, das Hansen in den »Freund« der Mutter zweier Kinder verwandelte, die wenig geneigt waren, ihm einen Platz am Tisch einzuräumen. Juan, der Ältere, den man »Herr Professor« rief, war zwölf, und die Jüngere wurde Tuca genannt, ich weiß nicht, weshalb. Der »Herr Professor« verachtete ihn und hielt ihn wohl für dumm, weil Hansen nicht wusste, wer Molières Freund war und wie er den *Hamlet* zu verstehen hatte. Aber nachts machte er ins Bett. Tuca klebte Hansen einen

Kaugummi auf den Sitz im Kino, in das er sie eines Nachmittags ausgeführt hatte, um sie zu erobern. Vermutlich merkten weder Verónica noch Waldemar, inwieweit die Kinder bereits ihre Entscheidung getroffen hatten. In Atlántida hätten sie Eva mit Kabeln aus einem alten Schuppen beinahe durch einen Stromstoß getötet. Kurz darauf fiel der Junge vom Dach, und Tuca schluckte Gift. All das hatte sich, wie ich dem einsilbigen Mailwechsel damals entnahm, in acht Monaten abgespielt. Als die Worte wieder zu ihrem Recht kamen, versuchte Waldemar, Verónica von der Panik zu befreien, die sie in die Arme ihrer Kinder trieb, überzeugt, dass sie einen furchtbaren Fehler begangen hatte.

Das zweite Mailpaket enthielt Klagen, Entschuldigungen, kurze Nachrichten aus beider Leben. Verónica stellte ihre Zeichnungen in Galerien aus, in der Altstadt, in São Paulo, hielt sich mit Malunterricht über Wasser, hätte beinahe das Land verlassen, meldete sich aber wieder voller Stolz, weil der Herr Professor einen Studienplatz für Architektur bekommen hatte; Tuca wollte zum Theater und ging auf eine Schauspielschule. Waldemar erzählte von Eva, wie sehr er sie vermisse, und von einer Reise nach Spanien. Sie sahen sich ein paarmal, ließen eine Weile kaum etwas von sich hören, bis sie nach einem Sprung in der Zeit plötzlich aus Córdoba seine Aufmerksamkeit verlangte, wohin sie gerade mit ihrem Sohn gezogen war, inzwischen Architekt, verheiratet und überzeugt davon, dass es für seine Mutter kein größeres Vergnügen geben könne, als ihn eine Familie gründen zu sehen.

Verónica hatte eine verquere Art, auf das Glück zu verzichten und ihre Worte mit Befangenheit und Angst zu verschleiern, was auch immer sie durchblicken ließ. Er akzeptierte das auf seine direkte Weise und verschwieg ihr nicht die Frauen, die durch sein Leben gingen. Es waren wenige, aber nun gab es ein Datum für das Auftauchen Ninas, wenn er auch, vermutlich aus Diskretion, auf Details nicht einging, einzig auf seine Sorge wegen der zwanzig Jahre, die er ihr vorausshatte. Sie sprach nicht von anderen Männern. Nur von ihren Malschülern, von Studienfreunden, von den Bergen und der Schwierigkeit, sich an den einfachen Dingen zu erfreuen. Sie malte große Calla-Blüten, die sie an die Berghotels und an eine Galerie in der Stadt verkaufte. Wenn sie nicht einschlafen konnte, schrieb sie ihm, und wenn ihr etwas Unsinniges in den Kopf kam, schrieb sie ihm, ihre Tage waren voll kleiner Katastrophen, die sie ihm komödiantisch aufbereitete: »Ich schreibe Dir, während mein Hirn in dieser Höllenhitze dahinwelkt. Mit gutem Grund gibt es keine tropischen Philosophen. Zu allem Überfluss sind Kakerlaken aufgetaucht, gegen die ich nicht ankomme, dreist wie Andalusierinnen. Heute hat Juanucho mit mir geschimpft, weil ich so ungekämmt gehe, das Haar wie Besenborsten, als hätte man meinen Kopf in die Schleuder gesteckt.

Als er weg war, beging ich die Dummheit, mich vor dem Spiegel zurechtzumachen. Du liebe Güte, ich habe mich in einen Fettkloß verwandelt, mit meinem Hintern könnte ich im Zirkus auftreten, und das nach kaum zwei Wochen! Aber am schlimmsten ist die Akne, wie ich sie mit siebzehn nicht erlebt habe, schuld ist eine Sonnencreme mit Faktor 45, die ich mir brav auf die Nase geschmiert habe, wild entschlossen, im Garten zu arbeiten und alle Ameisen Córdobas auszurotten, aber sie blieb so rot wie bei einem Besoffenen. Wenn Du vor der Tür stündest, ich würde rufen: rette Dich, rette Dich!«

Waldemar hatte eine Schwäche für ihre Einfälle und erinnerte sie fortwährend daran, dass er sie liebte. »Die Liebe ist kein Segen, mein Freund. Sie ist diese Dankbarkeit, dieser Kummer«, schrieb sie. Sie hielt sich an den Teil Waldemars, der ihr wichtig war. »Mein geliebter Albtraum«, nannte er sie, und sie verabschiedete sich immer mit »die Deine«.

Sosehr ich es versuchte, diese zärtliche Verwünschung konnte ich ihr nicht vorlügen, obwohl er die Anrede beibehalten haben mochte. Sie erzählte mir von ihren Zweifeln an der Schwiegertochter, die sie etwas spröde fand, ich versuchte es ab und an mit einem Scherz, beklagte mich vage über Verwirrungszustände und dankte ihr stets für ihre Ratschläge: an der Uferstraße spazieren gehen, Fisch essen, viel Obst und Gemüse, mich mit Freunden treffen, mir einen Hund kaufen, zum Angler werden, zum Friseur gehen, zum Einkaufen, mich massieren lassen, einen Yogakurs besuchen, nicht zu oft in den Spiegel blicken, auf Reisen gehen, mit den Nachbarinnen plaudern, jeden Tag masturbieren, vor dem Fernseher Gymnastik machen.

Der Gedanke quälte mich, sie zu verletzen. Je besser ich sie kennenlernte, desto grausamer war es, weiter in Hansens Vergangenheit vorzudringen. Waldemar erzählte ihr, wie traurig ihn Evas Umzug nach Italien gemacht hatte, vom Tod der Mutter, bei dem er ganz allein gewesen war, »mein einziger Begleiter halb Dichter, halb Weinflasche«, und er sprach von seinen Problemen mit Wanda: »Sie kann sich einfach nicht damit abfinden, dass man ein Glas ohne Absicht zerbricht.« Eines Tages erwähnte er, dass er aus Rivera ein Kreuz mitgebracht hatte. Er war zufrieden, denn die Beglaubigung von Grundstückspapieren würde Geld einbringen, und nach einer kurzen Trennung wartete Nina auf ihn. »Ich habe das Kreuz an die Wand gehängt«, schrieb er. »Es sieht großartig aus, aber was es bedeutet, weiß ich nicht.«

Erst ein paar Monate später sprach er wieder davon: »Am unteren Ende ist ein Bolzen aus verfaultem Holz, seitlich abgeschrägt, der wie ein Pfeil aussieht. Der Rest besteht aus Gusseisen, Rostflecken, zwei Spiralen an jeder Seite. Die Nietnägel sind Handarbeit und halten alles zusammen. Das sage ich Dir, wohlgemerkt, bei meinem dritten Glas, ich bin zweiundsechzig geworden, und Nina ist mit Bruno ins Bett gegangen. Das hat sie mir gestern Abend gestanden, unter Tränen und wirren Worten, die ich Dir erspare, weil es mich einfach nicht überraschen will, dass ich so distanziert zugehört habe, wie sie den Rotz herunterschluckte und um Verzeihung bat. Als sie ging, war sie weniger besorgt, mich zu verlassen, als zwei alte Freunde zu entzweien.«

Bestimmt hatte Hansen Bruno nicht zum ersten Mal erwähnt, aber damals beschwor er die gemeinsame Zeit an der Universität herauf, als Bruno immer gesagt hatte, er wolle nicht zum Rabengeier werden. Er werde kein Aas fressen wie die Rabengeier. Nein, nicht einmal, wenn sein Vater ihm Würmer vorsetzte. Waldemar hatte miterlebt, wie er sich zunächst für die kommunistische Partei engagierte, stehend in eine Arrestzelle pinkelte, in ein Flugzeug nach Washington stieg, mit Wanda einen Strauß-Walzer tanzte und dann fett und grau wurde, und doch hatte Bruno niemals seiner kategorischen Art des Neinsagens abgeschworen: »und wenn man mir die Eier mit Engelshaar abschnürte«. Er war nicht nur mit einem Anwaltstitel zurückgekehrt, sondern hatte ein Vermögen geerbt, das ihn in die Geschäftswelt katapultierte. In wenigen Jahren wurde er zum Golfspieler und Liebhaber von Investitionen, Immobilien und Frauen. Waldemar hielt sein Interesse an der Kunst für einen Vorwand, um Geld zu verlieren. Er musste einen Teil seiner Gewinne waschen, doch Wanda verhinderte nicht nur, dass er sie verlor, sondern mehrte sie durch eine stetig wechselnde Kunstsammlung. Ohne sie hätte Bruno kein einziges Bild im Gedächtnis behalten oder höchstens wegen der reizvollen Frau des Mannes, der es ihm verkauft hatte.

Ich kann nicht sagen, ob Nina Bescheid wusste, dass man bei ihm, bevor er dem Krebs erlag, einen Knoten in der linken Lunge gefunden hatte, er sich jedoch keinesfalls einem invasiven Eingriff aussetzen wollte und das Geheimnis mit Waldemar teilte. Wanda wusste nichts, ebenso wenig sein Sohn Marcelo, ein Junge, der sich zu sehr an die Intelligenz der Mutter hielt, als dass ihn Brunos Schmeicheleien hätten täuschen können, der ihn zu allen möglichen Abenteuern ermunterte. »Er ist schon immer ein großzügiger, starker, vitaler Mensch gewesen«, sagte Hansen, »gewohnt, zu nehmen, was er brauchte, wenn er es brauchte, und doch hätte ich nie gedacht, dass er sich mit Nina einlassen würde.«

Sie lernten, das Schweigen bei den Familientreffen von da an mit einem Kreuzfeuer von Scherzen zu füllen, die etwas schärfer gerieten als sonst, denn sie wussten, dass ihnen keine Zeit mehr bleiben würde, etwas ins Lot zu bringen. »Nicht einmal herfallen konnte ich über ihn, weil es für Bruno nichts weiter zu erklären gab, sein Abschied von allen Vergnügen war zum Greifen nah, es war ein vergeblicher Trost, und im Grunde war alles mit dem Geheimnis gesagt, das wir beide seit Monaten wahrten. Er ging, und ich blieb, mehr nicht. Das fand er ungerecht, er hatte dieses Los nicht mehr verdient als die Alten auf den Plätzen, die Witwen von Pocitos, all die Leute, die bloß um des Fortlebens willen fortleben. Eines Abends sagte er mir, er werde mein Schweigen dankbar mit sich nehmen, wohin auch immer. Wir befanden uns im Wohnzimmer, Wanda deckte den Tisch, und aus Angst, sie könnte zuhören, wusste ich nicht, was antworten.«

Kurz darauf kam Bruno ins Krankenhaus, direkt auf die Intensivstation. Ich weiß nicht, wie Hansen diese Monate erlebte. Seine Mails wurden rar und ausweichend. Ein paar Nächte leistete er ihm Gesellschaft, auch wenn Bruno sich kaum mitteilen konnte. Nina durfte nur als Waldemars Freundin zu ihm und sah ihn als solche in der Klinik, bis sie so unbedacht war, zu weinen, und Wanda ihr Besuchsverbot erteilte. Über unerfindliche Kanäle hatte sie von der Affäre erfahren und das Gesicht gewahrt, bis sie ihr Weinen hörte. Schreiend warf sie sie hinaus und sorgte dafür, dass Krankenschwestern und Wachen aller drei Schichten sie nicht mehr durchließen.

Womöglich verstellte sich Waldemar gegenüber Verónica, wollte nicht bekennen, was schwerer zu verwinden war, Brunos Verrat oder Ninas, aber er berichtete ihr von dessen Tod, von den zähen, leeren Tagen, die darauf folgten, und als Nina einige Zeit später wieder bei ihm auftauchte, in der Hoffnung auf Vergebung, schrieb Waldemar:

»Nicht, dass ich ihre Eitelkeit nicht tolerieren könnte, was ich nicht ertrage, ist die Inkonsequenz ihrer Eitelkeit. Sie macht mich wahnsinnig. Immer hat es mich wahnsinnig gemacht, wenn sich jemand nicht treu sein kann. Aber wenn ich an Wanda denke, an die Gründe, aus denen mein Neffe teilnahmslos die Rolle spielt, die ihm meine Schwester aufgedrückt hat, dann sage ich mir, dass wir Hansens unter Gehorsamswahn leiden. Da muss nur jemand, der uns wichtig ist, an eine Fähigkeit glauben, die wir nicht besitzen, und wir verbringen unser Leben damit, sie uns anzueignen. Er muss nur ein Talent verachten, das wir sehr wohl besitzen, und niemals werden wir es befördern. Jedenfalls habe ich einen Großteil meines Lebens damit verbracht, anderen Leuten etwas zu beglaubigen, bloß, weil ich für meine Mutter vertrauenswürdig sein wollte. Aber der Moment ist gekommen, Dir zu sagen, dass ich alles andere als vertrauenswürdig bin. Das Schild an dem Kreuz war rostig, aber noch zu lesen: R.I.P. Gabino Pereira, gestorben am 23. August 1945. Seine Angehörigen widmen ihm dieses Andenken.

Ich habe es in den Müll geworfen.«

Drei

Auf der Rückfahrt von Rivera hatte Hansen den Umweg über Minas de Corrales genommen, das alte Wasserkraftwerk besichtigt, war ins Dorf gegangen, ums Denkmal von Francis Davison geschlendert, dann zum Lokal des Gesellschaftsclubs und anschließend zum Friedhof. Am späten Vormittag habe ein Mann, schrieb er, in der Ecke mit den Grabnischen Portlandzement mit Sand vermischt, das grelle Licht des Nordens sei an den getünchten Mauern abgeprallt, er habe eine Reihe Krypten hinter sich gelassen und sei zwischen den Gräbern herumgelaufen.

Viele fühlen sich von Friedhöfen angezogen, besonders von denen auf dem Land, wo sie die Toten nicht kennen. Die Sonne vergilbt die Fotos, der Wind reißt die Blumen fort, und die Kreuze ragen aus der Erde wie Lettern. Ein Privileg, das die Städte nicht mehr bieten, wo das Sterben ein Problem geworden ist. Ich weiß, wovon ich rede. Ich habe einen Toten im Schrank. Die Freundin, die mir ihre Wohnung überließ, ist nach New York gegangen und hat oben links die Asche ihres Vaters eingeschlossen. Bestimmt wäre dem Mann ein schönes Grab in der

Sonne lieber gewesen, mir wäre es das, aber das bekommt man heute nur noch schwer. Die Friedhöfe sind überfüllt, die Grabnischen schießen in die Höhe wie Mietskasernen, und jeder, der in der Erde bestattet wird, muss in fünf Jahren weichen. Bleiben kostet Geld. Es ist billiger, in Rauch aufzugehen. Früher fürchtete man die Götter, jetzt das Geld. Deshalb blicken viele mit einer Spur Neid auf die ländlichen Gräber und ziehen dann weiter. Doch Waldemar verweilte länger, er schrieb, dass die Kreuze dem Gras so aufrecht entwuchsen wie die Blumen, und als er ein schiefes hatte gerade rücken wollen, hielt er es auf einmal in der Hand. Er wog es, streichelte das Eisen, blickte sich um und steckte es unter sein Sakko.

»Sicher denkst Du, Brunos Krankheit hatte damit zu tun«, schrieb er an Verónica. »Ich weiß nicht. Aber ich gestehe, als ich durch das Gittertor ging, fragte ich mich, was Bruno zu dem Satz sagen würde, den ich kurz vorher unter einem Denkmal gelesen hatte, ›alles, was war, existiert‹. Den Beweis dafür hatte ich, wie mir schien, vor Augen: all die Männer und Frauen unter der Erde, in Erwartung ihrer Auferstehung.«

Kaum las ich, wie dankbar Waldemar das Kreuz an der Wand über dem Kamin hängen sah, da fiel mir wieder ein, dass ich damals nicht begriffen hatte, was im Markusdom geschehen war. Mir schien, dass ich jede Interpretation verwerfen musste, die nicht das Werk und seine Erhabenheit in den Mittelpunkt rückte, denn das Kunstwerk konnte, wie er gesagt hatte, allein durch seine Schönheit und Wahrhaftigkeit in sich selbst ruhen. »Mir gefiel der schnörkellose Besatz, den der Schmied mit Hilfe von Eisenklammern angebracht hatte, mit dem Hammer um die Spiralen an den Kreuzarmen gebogen. Der Rost darauf hatte schon oft seine Farbe verändert und Flecken hinterlassen, mal ocker, mal dunkel, ohne sich ins Eisen zu fressen, so dass der Zerfall noch immer um die Vormacht kämpfte und dem Kreuz eine gewaltsame Note gab, sah man vom hölzernen Fuß ab, den die feuchte Erde hatte vermodern lassen. Deshalb lief es, wie gesagt, in einen Pfeil aus, der nach unten zeigte. All das verlieh Holz und Eisen seinen eigentümlichen Charakter, und manchmal hatte ich das Gefühl, eine Zeit entführt zu haben, die ich in anderer Form niemals kennenlernen würde, ein Quäntchen Fortdauer, das Wind und Wetter trotzte.

Nicht sehr originell, wie Du siehst. In jedem Winkel der Wohnung hörte ich das Schweigen des Kreuzes, wie einen Sekundenzeiger. Mal verlangte es danach, zurückgebracht zu werden, mal vergaß ich es ein paar Tage lang, bis ein Bremsenquietschen auf der Straße oder das Licht, das in Tiefrosa vom Meer heraufkam, es wieder ins Bewusstsein holte. Dann tauschten wir Blicke oder Scherze. Und doch war da noch etwas anderes. Notgedrungen hing es an der Wand und versetzte das Saéz-Porträt in Schwingungen, erschlug die Kunstdrucke und trieb meine

Gedanken in die verschiedensten Richtungen. Was rechtfertigte mich? Wie viele Jahre blieben mir mit Nina, bevor mich die Worte und Erektionen verließen und die Arzneien und das Misstrauen an ihre Stelle traten? Jetzt kommt mir das alles großmäulig vor, wie ein wahnhafter Monolog, aber im Grunde war es ein Spiel: ich bin dein Ankläger – aber ich dein Besitzer. Doch langsam gewöhnte ich mich daran, es über dem Kamin zu sehen, und nach ein paar Monaten fügte es sich in den Rest der Wohnung ein, wurde zu einem Muster an der Wand. Bestimmt ist Dir das auch schon passiert. Du hängst ein Bild auf, es sieht großartig aus, und nach einiger Zeit nimmst du es nicht mehr wahr. Der Blick ist gefräßig. Du glaubst, es vergessen zu haben, doch dann, ganz unwillkürlich, kehrt es auf einmal zurück.

Vor fünf Tagen also, während ich auf Nina wartete, die mit ihrer Mutter zu Abend aß, blickte ich auf, und als fiele mir ein Schleier von den Augen, wurde mir klar, dass ich das Andenken an einen Menschen gestohlen hatte, um eine Wand zu dekorieren. Ich starrte es an, konnte es nicht fassen. Ich hatte keinen Auftrag erfüllt, kein Vaterunser gebetet. Ich begreife es einfach nicht, und was ich davon verstehe, gefällt mir nicht. Ein Kannibale hatte bessere Gründe. Nicht einen Augenblick war mir bewusst geworden, dass ich einem Menschen das Einzige genommen hatte, was auf Erden an ihn erinnerte. Ich hatte ihm nicht nur das Kreuz gestohlen, ich hatte ihm auch den Namen genommen, und jetzt packt mich ein Schwindelgefühl, Verónica, denn hinter dem Sakrileg stand der Name Gabino, aber der Name Gabino steht für nichts. Für nichts und wieder nichts. Wollte ich mich über mich selbst lustig machen? Wollte ich wissen, ob ich einfach so weitermachen konnte? Ich Schwachkopf, es war nicht das Kreuz. Es war das Schild. Am meisten quält mich nun, dass ich es wie ein Stück Dreck abgerissen hatte, weil es die Harmonie des Ganzen störte. Ohne Reue, ohne Hass, als wäre es mein gutes Recht, als hätte ich Anspruch darauf: Hereinspaziert und zugegriffen, bedienen Sie sich, nur Ihr Wunsch zählt. Befriedigen Sie ihn. Stillen Sie ihn. Sie nehmen nichts mit? Mehr haben Sie nicht? Mehr können Sie nicht nehmen? Bevor der Hahn kräht, werden Sie mehr wollen und wieder mehr. Niemand macht es Ihnen zum Vorwurf, wenn Sie Ihre Wünsche erfüllen. Was denn, das ist alles? Mehr gibt es nicht, mein Freund.

Ich schwöre Dir, ich sehe es da neben dem Kamin hängen und kann mich selbst nicht ausstehen.«

Es gibt Leute, die überfahren einen Radfahrer und halten nicht an, manche suchen sich sogar ein Opfer und verschlingen es gierig. Was für ein Bild hatte sich Waldemar von den Menschen gemacht? Einige Tage lang dachte ich, dass er eine allzu hohe Meinung von sich selbst gehabt hatte. Dann hielt ich ihn für naiv. Der Mensch löscht fortwährend seine eigene Vergangenheit aus. Hatte er im Markusdom nicht den

Glanz der Sünden gesehen? Hatte er nicht gesehen, wie Kinos, Gedanken, Sprachen zerstört wurden, damit andere an ihre Stelle traten? Ungeduldig wartete ich auf das nächste Mailpaket. Die letzte Nachricht ihrer Lieferung hatte abrupt geendet, ohne Abschied. Ich musste wissen, was er danach getan hatte, doch Verónica ließ sich Zeit, und ich war so ungeschickt, sie zu drängen.

Ich solle mich gedulden, antwortete sie in einem trockenen Ton, der mich beunruhigte, und in der nächsten Woche beschimpfte sie mich als hinterhältigen Kerl, verfluchte mich bis in alle Ewigkeit und schickte keine Mails mehr. Ich fügte mich in ihren Hass wie vorher in die Idee, sie zu belügen, denn da war nichts wiedergutzumachen. In einem hatte Waldemar recht gehabt: man muss an den anderen glauben, nach wie vor. Ein Busfahrer bringt uns um, wenn er über dem Steuer einschläft. Wie einfach kann man einen beliebigen Passanten überfahren, das Wasser vergiften, einen Angestellten bestehlen, beim Tauschen betrügen. Odysseus steht Pate dafür. Und nur deshalb wird es nicht zur Regel, weil die meisten darauf bauen, dass die anderen an sie glauben. Ein Provider, die Internetseite, auf der man seine Kreditkartennummer eingibt, der Mann von der Imbissbude, der Autor des *Don Quijote*, alle appellieren an unseren Glauben. Die Wörter lügen, weil sie die Wahrheit sagen. Wenn wir nicht an ihre Wahrheit glaubten, könnte niemand uns täuschen.

Das ist keine Entschuldigung. Ich hatte Verónicas Vertrauen missbraucht und verfluchte die Stunde, da ich Hansens Elektronenhirn an mich genommen hatte. Ich zog es aus der Steckdose, trug es die Treppe hinunter, und bevor ich bei einem Spaziergang meinen Kopf auslüften wollte, warf ich es in den Müllcontainer an der Ecke. Als ich eine Stunde später zurückkam, war es immer noch da, und ich nahm es wieder mit hinauf. Asche und Mikrochips, nun ruhen schon zwei Tote in meinem Schrank. Mehrere Tage lang versuchte ich, mich abermals in Boswells Buch zu vertiefen, wanderte ziellos umher, rauchte zwei Päckchen täglich, aber immer wieder bestürmten mich dieselben Fragen, zu jeder Uhrzeit, und hielten mich bis zum frühen Morgen wach. Was hatte er getan? Worüber hatte er sich geschämt? Ich musste etwas tun, und als ich es leid war, ins Leere hinein zu spekulieren, bat ich um einen Termin bei Doktor Castro. Er vertrat mich, wie gesagt, bei meiner Scheidung, und ich hoffte auf sein Verständnis.

Als ich vor ihm saß, sagte ich offen, was mich umtrieb: Warum hatte Waldemar ihn konsultiert? Castro wusste nicht, dass er sich umgebracht hatte, und wollte Genaueres hören, zeigte sich danach jedoch weniger gesprächig, als ich gehofft hatte. Unaufhörlich klingelte das Telefon, und als er keine Anrufe mehr durchstellen ließ, fragte er, ob ich ein Angehöriger sei. Ich sagte, wir hätten uns in seinem Wartezimmer kennengelernt, und er nestelte ohne Not an seinem Revers. Das gefiel mir nicht. Er lehnte sich im Sessel zurück, faltete die Hände und fragte, ob ich in letzter Zeit sehr beschäftigt gewesen sei.

Bislang hatte ich ihn für einen höflichen Menschen gehalten, nicht sonderlich intelligent, aber durchaus imstande, mit den Ansprüchen fertig zu werden, die meine Frau auf den Gegenwert einer Bibliothek erhob, die schon seit langem nicht mehr existierte. Er wirkte professionell und jung genug, um auf den Gedanken zu kommen, ich suchte etwas, womit ich mich beschäftigen könnte, also schwieg ich, und wir blickten uns einige Sekunden lang an. Da seine Zeit wertvoller war als meine, erzählte er mir schließlich, dass Hansen die Zulassung entzogen worden war. Er hatte am obersten Gerichtshof dagegen geklagt und war abgewiesen worden. »Ich hoffe, mein Scheitern hat nicht zu seiner Entscheidung beigetragen«, fügte er hinzu, während er seinen Kugelschreiber in die Sakkotasche steckte. Ich wollte den Grund erfahren, aber den wollte er nicht verraten. »Fragen Sie Wanda«, riet er mir, nachdem er aufgestanden war. »Seine Schwester weiß Bescheid.«

Nun hatte mich Wanda zum zweiten Mal überrascht. Ich verließ die Kanzlei mit der Absicht, sie anzurufen, aber als ich die Passanten sah, den Stau auf der Straße, die Schaufenster, fiel mir wieder der weiche Händedruck ein, mit dem sie mich an der Haustür verabschiedet hatte, und ihr Interesse an dem Fussel auf der Schürze der Hausangestellten.

Also ersparte ich mir lieber eine Enttäuschung. Ich wanderte die 18 de Julio hinauf, mal auf der einen, mal auf der anderen Seite, überquerte die Plaza Cagancha, ging vorbei an den kleinen Vorhängeschlössern der Fuente de los Candados, an dem David- und dem Gaucho-Denkmal, immer weiter, denn ich musste unter Menschen sein, als könnte ich nur denken, wenn ich mich an ihren Kleidern rieb. »Es erstaunt mich nicht, dass er sein einziges Delikt gegen sich selbst begangen hat«, waren Wandas Worte gewesen, aber warum hatte man ihm die Zulassung entzogen? Beides passte nicht zusammen, sofern sie mich nicht belogen oder man ihn irrtümlich vom Dienst ausgeschlossen hatte.

Fast unbewusst war ich bis zum Obelisken gelangt und wandte mich Richtung Plaza Varela, um zu Fuß nach Hause zu gehen und an diesem dumpfen Sommerabend meine Unruhe in der Ermüdung zu begraben, unter den hohen Alleebäumen, wo sich all die, die nicht das Strandleben genossen, um die Arbeiterwohlfahrt scharten, um den Dreck der Kipplaster, um die Karren und Pferde der Müllwühler, die sich die ganze Stadt aufladen mussten wie eine Ungerechtigkeit, denn die andere Hälfte, die in Straßen, Geschäften und Büros fehlte, würde mit der einzigen Sorge zurückkehren, so bald wie möglich wieder loszuziehen, denn das Leben spielte sich anderswo ab, in den Dünen und an den Stränden, die das Fernsehen zeigte.

Zu Hause nahm ich eine Dusche und rief Nina an. Der Anrufbeantworter meldete sich, und ich hinterließ die Nachricht, sie solle mich anrufen. Ich vermutete sie an einem Badeort bei Maldonado oder Rocha, doch am Abend rief sie zurück, und ich bat sie um ein Treffen in ihrem Büro, auch wenn ich nicht wusste, wo ich anfangen sollte. Am nächsten Tag sah ich sie um sechs Uhr abends in ihrer Bürokabine in Pocitos hinter einem kleinen Schreibtisch, die Vorhänge diskret zugezogen. Es schien kein Ort der florierenden Geschäfte zu sein, aber abgerissen war er auch nicht, vielleicht hatte eine Stunde zuvor ein Pfandleiher dort gesessen, wo nun Nina saß, auf einem der zwei Kunstlederdrehstühle, mit ihrem Notizblock, daneben ein Garderobenständer mit ihrer Handtasche. Sie sah umwerfend aus, etwas nervös, das Haar kurz, die Lippen ungeschminkt, der Hals steif. Kaum erkannte ich die Frau mit den langen Locken wieder, mit der ich im Schatten der Platanen geredet hatte. Damals hatte sie verletzlich und sanft ausgesehen, jetzt blickte sie mich hinter dem Schreibtisch mit großen, neugierigen Augen an.

Ich fragte sie nach Eva und ließ meinen Blick auf dem Freud-Porträt ruhen, das sie womöglich aus der Schublade zog und aufhängte, wenn sie Sprechstunde hatte.

»Die wird wohl nicht wiederkommen«, sagte sie. »Sie hat verkauft, was zu verkaufen war.«

Es war schummerig, und ich wollte sie schon bitten, das Licht anzuschalten, aber dann war mir der gedämpfte Ton ihrer Stimme, ihrer beigefarbenen Jacke lieber.

»Ich weiß nicht, ob du darüber reden möchtest«, begann ich, hatte mich zum Duzen entschlossen, »aber Waldemar will mir nicht aus dem Kopf, und ich würde gern wissen, ob ihn womöglich der Verlust seiner Zulassung dazu getrieben hat, vom Balkon zu springen.«

»Über seine Zulassung weiß ich nichts«, entgegnete sie hastig, »auch nicht, dass sie ihm entzogen wurde.«

»Schade, denn genau das wollte ich von dir wissen.«

»Vielleicht weiß es Wanda. Oder Eva. Sie meinen, er konnte nicht mehr arbeiten?«

»Seine Notarzulassung wurde widerrufen, aber wie wichtig das für ihn war, weiß ich nicht.«

Nina stützte die Ellbogen auf den Schreibtisch und faltete die Hände. Sie hielt sie auf Augenhöhe und ließ sie dann langsam sinken.

»Walli hat viele Stunden mit seiner Arbeit verbracht. Tagsüber, manchmal sogar abends und sonntags. Er war allzu einsam, und Arbeiten lenkt von der Einsamkeit ab. Ich glaube, abgesehen von Eva, war es das Einzige, worauf er stolz war.«

»Aber er war doch mit dir zusammen …«

»Das zählt nicht, denn ich war mal da, mal nicht da«, sagte sie und entflocht ihre Hände. »Wir haben ungefähr ein Jahr zusammengelebt, haben uns getrennt, sind wieder zusammengezogen, getrennt, zusammengezogen. Es war nicht einfach, mit ihm zu leben.«

»Schwer zu glauben.«

»Nicht wirklich. Walli hatte so seine Taktiken, die Unzufriedenheit zu bemänteln. Er konnte Stunden mit einem Buch in der Hand verbringen, CDs hören, am Computer sitzen und sich nachher beschweren, weil ich ihm nicht gesagt hatte, dass ich ging. Er konnte sich über die dümmsten Sachen ärgern, sprach es aber selten aus. Und zwei Monate später warf er mir dann vor, dass ich so nett zum Zeitungsverkäufer gewesen war.«

»Eifersucht.«

»Unsicherheit. Ich glaube, er hat nie gewusst, warum ich mit ihm zusammen war, und wenn ich es recht überlege, ich ebenso wenig. Nicht, dass ich ihn nicht geliebt hätte. Er war großzügig zu mir, sehr sogar. Aber er konnte sich einfach nicht auf Risiken einlassen. Risiken hasste er und zog sich in die Welt zurück, die er sich rund um seine Interessen aufgebaut hatte. Keiner konnte ihn da rausholen. Mag sein, er war alt und wollte nur das bewahren, was ihm wichtig war. Ich war eine Art Geschenk, das er sich machte, vielleicht der Beweis, dass er immer noch eine Frau zu fesseln vermochte, wenn er dazu aufgelegt war und sich nicht daran störte, dass ich meine Kleider herumliegen ließ, nicht abspülte, laut lachte.

Er kam auf seine Kosten, aber manchmal warf er mich auch hinaus.«

Nina schlug die Augen nieder und lehnte sich zurück. Ihr Haar schien nun wie elektrisiert, als wollte es sich nicht länger bändigen lassen.

»Wir hatten glückliche und weniger glückliche Zeiten«, fügte sie hinzu. »Aber deswegen sind Sie wohl nicht hier.«

»Ich dachte, du wüsstest das mit der Zulassung.«

»Sehen Sie, ein Selbstmord spritzt alles um sich voll. Ich weiß nicht, was Sie davon abgekriegt haben, aber ich habe es noch nicht abwischen können. Jetzt kommen Sie mit einer neuen Geschichte, und morgen entdeckt man womöglich, dass er in einen Betrug verwickelt gewesen ist. Walli war zurückhaltend und hatte genügend Intelligenz, um zu bezaubern. Aber Sie würden staunen, wenn Sie wüssten, was bezaubernde Leute alles verbergen.«

»Ich zum Beispiel?«

»Nein, Sie nicht«, entgegnete sie mit einem Lächeln.

»Letztes Mal«, sagte ich, »haben wir am Telefon über ein Kreuz gesprochen.«

»Er hat es aus Rivera mitgebracht. Ich weiß nicht, wie er dazu gekommen war, aber er hat mich wahnsinnig damit gemacht. Seinen Tod habe er sich an die Wand gehängt, tönte er. Hat er Ihnen das auch gesagt? Ich glaube, er wollte sich damals schon davonmachen, fand nur nicht den Mut, es mir zu sagen.

War ich etwa kein Grund zu bleiben? Natürlich nicht. Nie bin ich gut genug für ihn gewesen. Es fehlte mir an Intelligenz, an Resignation, an Talent fürs stundenlange Philosophieren über die Ursprünge der Musik oder das kranke Hirn der Österreicher. Aber wissen Sie was? Die Kunst hat er geliebt, in ihr hat er eine intensivere Welt erlebt. Doch diese Intensität verlangte er auch den übrigen Stunden ab, fand sie natürlich nicht, und so staute sich in ihm Verachtung an. Für die Werbung, die Politiker, das Fernsehen, die Kassiererinnen im Supermarkt, die Geschäftsführer und Besitzer. Ich habe das auch bei anderen gesehen: Sie finden das Glück, und alles andere ärgert sie, wird minderwertig, dumm. Aber das Leben ist dumm. Es ist voller Lärm, voll gewöhnlicher Dinge, die nie, sagen wir, ein Bild ergeben.«

Mochte bei ihr auch die eine oder andere Sicherung durchgebrannt sein, Ninas Kopf funktionierte erstaunlich gut. Allzu euphorisch, aber mehr als beachtlich. Ich sah sie reden und fragte mich, ob ich zu alt war, um heimlich ihre Lippen zu studieren. So war es wohl, und ich hörte weiter zu, wie sie ihre Auseinandersetzungen mit Waldemar schilderte. »Dieses grauenvolle Stück Eisen ließ ihn nicht los. Nie hat er mir gesagt, wo genau er es herhatte, aber eines Abends überraschte ich ihn dabei, wie er mit den Fingern die Spuren an der Wand entlangfuhr, denn er hatte es abgehängt, und als er mich sah, fuhr er zitternd zurück, presste die Hände gegen den Kopf und verbot mir, Fragen zu stellen.« Nina hatte viel Groll angesammelt, den sie zu bearbeiten hatte, an dessen rauen Momenten und dunklen Episoden sie wohl noch feilen musste, aber mich interessierte nur das, was sie mir als Einziges nicht sagen konnte. »Sicher hat er Ihnen erzählt, dass ich ihn mit Bruno hintergangen habe. Und es stimmt«, fügte sie hinzu. »Hätte er mir die Chance gegeben, ihm ein Kind zu schenken, oder einfach nur das akzeptiert, was die Leute grundlos tun, bloß aus dem Bedürfnis, sich zu betäuben, ich wäre nicht auf Brunos Annäherungsversuche eingegangen. Ausgerechnet er, der in allem einen Sinn gesucht hat, konnte meine Bedürfnisse nicht anerkennen. Bruno hat mir die Freude wiedergegeben, solange es währte, die Sicherheit, dass ich wegen nichts um Verzeihung bitten musste.«

»Ich verstehe«, sagte ich, um sie zu beruhigen, denn ihre Lippen hatten sich gespannt, und ihr Blick wurde feindselig.

»Das bezweifle ich. Alle Kerle haben eine verdrängte Frau im Kopf. Eine Liebe, aus der nichts wurde oder die aus irgendeinem Grund scheiterte oder immer noch möglich wäre, wenn sie nicht ihre Zeit mit der Frau verlieren würden, die sie vor sich haben. Aber wissen Sie was? Die echte Frau bin ich. Ich nehme Tabletten zum Schlafen, Tabletten zum Wachwerden und bin als Mädchen vergewaltigt worden.«

Sie machte eine etwas theatralische Pause und fuhr fort:

»Ich habe viele Jahre gebraucht, bis ich es nicht mehr verheimlicht habe, aber jetzt erzähle ich es Ihnen oder jedem, der mir zu nahe tritt, weil ich mir immer wieder sage, dass dieses Verbrechen nicht meines ist.«

Sie ließ sich zurückfallen, als hätte sie jemand gegen die Lehne gestoßen, und eine Haarsträhne rutschte ihr über die Augen. Mit so einer Eröffnung hatte ich am wenigsten gerechnet.

»Das tut mir leid«, sagte ich mit Nachdruck.

»Ich will kein Mitleid«, entgegnete sie. »Ich glaube nicht ans Mitleid anderer, und seit Walli sich umgebracht hat, werde ich den Gedanken nicht los, dass ich zu viel ertragen habe. Angefangen bei dieser Überlegenheit, mit der er mich erziehen wollte, bei der Verachtung der Schwester und der Selbstgefälligkeit der Tochter. Ein Häufchen Scheiße. Und jetzt kommen Sie mit Ihrer Geschichte, und alles wird mir klar. Bis über den Tod hinaus hat er mich ausgenutzt. Die Hansens und die Rizzis, die Hansens und die Rizzis«, wiederholte sie und schüttelte ihr Haar, »haben meine Naivität missbraucht, haben mich gezwungen, ihren schrecklichen Hochmut zu ertragen. Sieh an, Walli war also am Ende, vollkommen am Ende, und ich dachte, ich wäre schuld!«

Sie stand auf, ging zum Fenster und zog die Vorhänge auf. Eine verrußte Mauer und ein Baumwipfel waren zu sehen, ein Sonnenstrahl streifte ihre Sommerhose. Aus unerfindlichem Grund musste ich an ein Hopper-Bild denken. Eine Frau und ein Fenster, mehr war es womöglich nicht, und ihre Blöße.

»Hat er Ihnen von mir erzählt?«, fragte sie plötzlich, ohne sich umzudrehen. Sie fuhr mit dem Finger über die Scheibe und fügte hinzu:

»Ich wüsste gern, was er gesagt hat.«

Mir fiel der Brandfleck auf der Sessellehne ein, der Siegellack mit eingeprägter Wappenlilie, der ihn bedeckte, und ich sagte, er habe immer wieder von ihr gesprochen, wie von jemandem, der einem nahesteht.

»Aber was genau hat er gesagt?« Sie ließ nicht locker.

Ich konnte ihr Gesicht nicht sehen, nur einen Teil des Profils, umrahmt vom roten Haar. Doch ich hörte die Dringlichkeit heraus, ihr Bedürfnis, nun vielleicht das gleiche Lob, die gleiche Kritik zu hören wie von anderen Männern, die sie besessen hatten, als wüsste sie einfach nicht, welche Bruchstücke ihres Lebens sie sich bewahrt hatten, so dass sie nun vergleichen wollte. Hansen hatte von der Inkonsequenz ihrer Eitelkeit geredet, und vielleicht hatte ich sie gerade vor mir, in dieser Konzentration, mit der sie den Blick auf der Araukarie ruhen ließ, die die Häuserwand emporwuchs.

Ich tat ihr den Gefallen, den ich Verónica nicht hatte tun können. Ich erfand für Nina falsche Erinnerungen, die sie dankbar annahm, nur hier und da ein Detail beisteuerte, das ich womöglich vergessen hatte, belanglos vielleicht, aber wichtig für sie, und als ich wieder auf der Straße stand, war mir, als wüchse Hansens Geheimnis mit jedem meiner Schritte. Steckte ein Betrug dahinter, wie Nina vermutet hatte? Oder hatte er ein Delikt gegen sich selbst begangen, wie Wanda gesagt hatte? Oder nur das einzig Richtige getan, wie Verónica meinte? Drei unvereinbare Dinge.

Am nächsten Nachmittag fuhr ich im Bus vorbei an Weinbergen und Gehöften, an verlassenen Schuppen, an Feldern mit Mohrenhirse, an Weilern mit Namen von Dörfern und Dörfern mit Namen von Städten. Ergeben fügte sich mein Nacken der Rückenlehne, und ich ergab mich dem Fenster. Womöglich versetzte die Federung des Busses die Aussicht vor mir in Schwingung, und durch die schwerelose Landschaft schwangen Irenes Schuhe an unserem Hochzeitstag, die Bilder einer Kurzgeschichte von Arthur Miller (Wildpferde wurden gejagt, um Wurst aus ihnen zu machen) und die unbezahlte Stromrechnung. Das Gehirn erleichtert sich am Zug- oder Busfenster. Ich ließ mich von der Illusion übermannen, dass ich in einem Dorf an der Grenze die Antworten finden würde, und da ich ohnehin im Dialog mit einem Gespenst stand, war es einerlei, auf welche Art ich mich durch die Landschaft fahren ließ. In diesem Delirium verschwammen die steile Kurve bei Florida mit dem gedämpften Glanz von Wandas Augen und die rasante Fahrt durch Sarandí Grande mit der Stimme

Ninas, die mir erzählte, sie sei vergewaltigt worden. Ich begriff nicht, was für einen Krieg sie gegen sich selbst führte, noch, warum der Schmerz immer echter wirkte als alle Worte. Nach einer weiteren Stunde kamen wir am Friedhof Parque de Durazno und an der Mautstelle vorbei, ich musste an die Engel aus Hansens Elektronenhirn denken, und kurz nachdem wir den Río Negro überquert hatten, nickte ich ein.

Als ich wieder zu mir kam, war es Nacht geworden, und wir erreichten gerade Tacuarembó, über eine Straße mit unverputzten Zementziegelhäusern, kaputten Gehwegen und dem ernsten Anschein der Dörfer. Der Bus fuhr ein paar Querstraßen weiter, langsam und schwerfällig wie ein Elefant, der sich nicht entscheiden kann, wo er zu Boden gehen soll, und hielt schließlich an einer Ecke der Plaza Central. Ich stieg aus und nahm mir ein Zimmer in einem Hotel, das ein kleiner Mann mit grüner Brille führte, der so aufmerksam war, mich zu warnen, nicht gegen die Rohre zu schlagen, das Heißwasser komme erst nach einiger Zeit. Die Gänge waren breit und alt, und in den Zimmern haftete die Dumpfheit der Handlungsreisenden an Papptrennwänden, billigen Türschlössern und 25-Watt-Birnen. Der Mann hatte gesagt, in den nächsten beiden Tagen fahre kein Bus nach Corrales, aber ich könne bis zu Manuel Díaz' Zollstation fahren und hoffen, dass mich einer der Ingenieure mitnehme, die in der Mine arbeiteten, also blickte ich in den Badezimmerspiegel, hatte keine

Lust, mich zu rasieren, und aß in einem Lokal mit Neonlampen und Wachstuchdecken zu Abend, zwei Tische dort von Pärchen besetzt, einer von einem Kerl vor einem Weinglas. Eine Frau verscheuchte die Fliegen im Raum, und hinter der Theke drang zwischen alten Flaschen und Plastikblumen die Stimme des Radiosprechers hervor.

Fern von Montevideo, vor mir wie so oft die Ecke eines Platzes und das Klappern eines Fahrrads, wähnte ich mich in einem Traum, in dem ich zu Abend aß. Da konnte gut und gern mein Vater vorüberkommen, meine erste Freundin, das Gespenst von Oberst Escayola, der das Gespenst Gardel gezeugt hatte, alle schwerelos, wie auch die Jahre nicht wogen, die mich dicker und älter an dieser gottverlassenen Ecke abgesetzt hatten. Waldemar schien nur noch ein Vorwand zu sein, die schwieligen, langen Hände des trinkenden Mannes ein paar Tische weiter zu betrachten, sein erdfarbenes Gesicht und sein makellos weißes Hemd im faden Licht der Neonröhren. Ich kannte solche Lokale, ihren Schafsledergeruch, den vergilbten Kalender, der in einem Winkel hing. Mit sechzehn, mit fünfundzwanzig, mit fünfzig stand ich immer noch an der Theke, kehrte jedes Mal träger an diesen Ort zurück, in dem niemals das Radio ausgeschaltet, kein Wimpel ausgewechselt, keine Flasche verrückt wurde, denn alle waren wir nur auf der Durchreise unter dem ewig gleichen Deckenventilator und den verstaubten Girlanden.

Kurz danach brach der lange, stumme Mann auf, der Wind fegte die Blätter über die Straße, und ich ging mit dem Gedanken zu Bett, dass Hansen womöglich im selben Hotel abgestiegen war und vergeblich gegen die Warmwasserleitung geschlagen hatte. Ich wusste nicht, wohin ich mich wenden sollte, nahm am Morgen einen Bus nach Rivera, stieg an der Abzweigung zur 29er aus und hoffte in der knallenden Sonne, dass mich ein Wagen nach Corrales mitnehmen würde. Die Sturmwolken verschoben riesige Schatten über die Hügel, die sich zu beiden Seiten des Weges hoben und senkten, oben platt, als wären sie unfertig geblieben, gedrungene Büsche von einem bleigrauen, verkohlten Grün folgten den Bodenwellen zwischen den Felsen, ohne einen Schatten zu werfen. Die rötliche Erde sah hart aus, und der Staub schien ins Gestrüpp vorgedrungen zu sein und den letzten Rest von Feuchtigkeit erstickt zu haben, den sich die Wurzeln noch bewahrt hatten.

Eine Stunde später scharrte ich mit dem Schuh im Asphaltkies, und der Nacken brannte mir, aber wie mir einmal ein junges Ding gesagt hatte, das einem Laster entstiegen war und vor Kälte zitternd neben mir stand, in einer langen Winternacht, auf einer anderen Landstraße: »nicht zu ändern …« Das sagte sie alle zwei, drei Sätze, wie eine dröge Art, sich selbst zu ertragen. Ich wiederholte es mehrmals wie eine Beschwörung, während der Teer unter meinen Füßen weich wurde und zerlief, bis mich schließlich ein

Pick-up mitnahm. Zwei Arbeiter halfen mir, hinten aufzusteigen, ich ließ mich zwischen einer Betonmischmaschine und einer Wasserpumpe nieder, und während ich auf der gewundenen Hügelstrecke den Attacken von Gaspedal und Bremse standhielt, lächelte ich angestrengt dem jungen und dem alten Arbeiter zu, die auf dem Rand saßen, die Arme seitlich aufgestemmt, und mich neugierig ansahen, ohne auf die Stöße zu achten. Vom Boden der Ladefläche stieg weißer Staub auf, der mir in den Augen brannte, doch nach einem Stück Weg machte ich eine lange Reihe von Eisentürmen aus, die sich im Tal verloren und an denen noch Reste von Stahlseilen hingen. Der Alte sagte, das sei die alte Luftbahn, die das Quarz von Corrales zum Wasserkraftwerk transportiert habe, die hätten die Franzosen errichtet. Ich fragte, welche Franzosen, aber er hörte nicht oder wollte es nicht erklären, und ein paar Kilometer weiter, als sich ein Schaufelstiel schon beinahe in meine Nieren gebohrt hatte, setzten sie mich an dem breiten Lehmweg ab, der zum Bergwerk San Gregorio führte. Kaum war ich abgestiegen, hüllte mich der Pick-up in eine Staubwolke, und der alte wie der junge Mann hoben den Arm, ohne sich umzublicken. In der Ferne wurde Erde geschaufelt, ein trockener Wind trug das Geräusch von Lastwagen herüber, die auf menschenleeren Dämmen hin und her fuhren. Ich ging am Straßenrand weiter. Die Gegend schien sehr hoch zu liegen, aber der rissige Weg wand sich noch weiter hinauf ins Nirgendwo. Bald hielt ein Lastwagen ein paar Meter vor mir an und brachte mich dem Dorf ein Stück näher.

Minas de Corrales besteht aus einer Allee, die unter dem Namen Francis Davison an zehn Querstraßen vorbeiführt, an einer Tankstelle, einem Gesellschaftsclub und der Apotheke »Doctor Davison« (vis-à-vis dem Davison-Denkmal), dann biegt das Asphaltband rechtwinklig ab, eine Böschung hinunter in Richtung Arbeiterclub, Polizeirevier und Krankenhaus und verliert sich schließlich auf einem Hügel. Kein Dorfplatz, keine Kirche am Platz. Eine Handvoll Häuser am Asphaltrand, an einem Abhang errichtet, der von alten Bergwerkstollen durchbohrt ist, mehr haben zweihundert Jahre Goldabbau nicht zurückgelassen. Aber damals unter der Mittagssonne wusste ich fast nichts davon. Ich umrundete den Monolithen auf der Suche nach dem Satz, den Hansen im Krankenhaus zitiert hatte, und fand ihn auf der Rückseite. Da standen die vier Wörter in Eisenlettern, stumm und verrostet, ein offenes Geheimnis. Jetzt musste ich nur noch eine Fährte suchen, die mich mit etwas Glück auf den Kreuzweg meines Freundes führen würde, und dem Beispiel des Hundes folgen, der im Schatten der Apothekenmauer den Kopf auf die verlassene Straße schmiegte.

Vier

»Der falsche Stecker«, wiederholte der Mann, ohne den Jungen anzusehen, der sich am Kopf kratzte, die Mütze in der Hand. »Einen flachen wollte ich«, schimpfte er hinter dem halb zusammengebauten Kühlschrankmotor. Als er mich erblickte, hielt er mitten in einem Fluch inne, während der Junge seine Mütze zerdrückte. Ich war einem Schwein ausgewichen, hatte einen offenen Hof überquert, von dem mehrere baufällige Zimmer abgingen, und die Rezeption erreicht, wo der Hausherr verbissen damit beschäftigt war, alles Mögliche zu reparieren oder, wer weiß, zu ruinieren. An diesem Mittag hatte er sich die Küche vorgenommen, und mit derselben Feindseligkeit, mit der er mir mitgeteilt hatte, die Herberge werde renoviert, scheuchte er ein paar Gänse zur Seite und führte mich zum einzigen Zimmer, das zur Verfügung stand, ein Holzverschlag hinter dem Haus mit einem Fenster, das auf ein leeres Gelände blickte. In der Ferne sah man die Berghänge und noch weiter hinten den blauen, versengten Himmel, an dem kein Vogel flog. Ich hatte ihn für mich einnehmen wollen, aber jetzt war der Mann noch verärgerter, und so ging ich hinaus auf die Straße, zündete mir eine Zigarette an und wartete auf den Jungen.

Die Sonne machte sich an ihren Abstieg und die Einheimischen daran, die Gehwege mit Stühlen, Kindern und Hunden zu füllen. Aus dem Lokal des Gesellschaftsclubs gegenüber drang ein Gewirr von Stimmen und brasilianischer Musik, und immer, wenn ein Motorrad vorüberfuhr, hüllte sich die Luft in rote Staubpartikel, die im Licht hingen wie schwebende Überreste einer Explosion. Bewegung war in den Straßen, aus einem Garten kam der Duft nasser Erde, und der Asphalt, die Mauern, die Alleebäume verbreiteten einen trockenen Hauch, bei dem sich die Haut zusammenzog und die Kleider steif wurden.

Als der Junge herauskam, gingen wir gemeinsam zur Ecke, wo die Allee abbog und an einem unbebauten Grundstück mit einem verbogenen Riesenrad vorbeiführte. Ein Schuppen stand daneben, und Schuppen wie Rad neigten sich in zäher Eintracht nach rechts. Jonathan hatte gerade die Volksschule abgeschlossen und wollte fort nach Rivera. Er hatte einen Onkel jenseits der Grenze in Livramento, die Illusion, bei Frontera zu spielen, und als Grundstock seiner dreizehn, vierzehn Jahre ein Paar Turnschuhe mit Leuchtsohlen. Alle zwei, drei Schritte zog er den Schirm seiner Mütze tiefer und hob den Kopf, als könnte er sich nicht entscheiden, ob er sich verstecken oder gesehen werden wollte. Er könne mir eine

Freundin besorgen, sagte er, und zum Friedhof gehe es vorbei am Krankenhaus, dann um die Ecke Richtung Tacuarembó. Er sei schon lange nicht mehr dort gewesen, bezweifle aber, dass man ihn verlegt habe.

Sein Blick und seine langen Beine schienen eine Art Verwegenheit zu erproben, und womöglich verwarf er mehrere Sätze, bevor er sich für einen entschied. Die Nase bahnte sich ihren Weg in einem hageren Gesicht, und die Augen, versunken unter den Brauen und dem Mützenschirm, wanderten von einer Straßenseite zur anderen. Er musste bei der Hotelrenovierung helfen, obwohl ihm das mit den flachen oder runden Steckern gar nicht lag. Fußball und Tanzen, das liege ihm, und wenn ich Gesellschaft wolle, betonte er noch einmal, er wisse, wo er sie beschaffen könne. Dann bat er mich um eine Zigarette und steckte sie sich hinters Ohr. Wir trennten uns vor dem Arbeiterclub, Jonathan gab mir die Hand, und ich ging den Hügel hinauf, Richtung Polizeirevier und Krankenhaus, dankbar, auf der leeren Straße wieder ein Lüftchen zu spüren. Weiter oben wichen die Häuser zusehends dem Gestrüpp und dem Brachland, auf dem sich alte Maschinen, eine verkohlte Karosserie, ein Traktorrad, eine alte Abzugshaube häuften. Das Krankenhaus wirkte allzu gewaltig für die bescheidene Größe des Dorfs, ein paar Ecken weiter begann ein freies Feld, an dessen Ende die weiße Friedhofsmauer ihren leuchtenden

Kubus mitten in die Ebene zeichnete. Dass ich hier auf Hansens Spuren ging, war ein Stück Vergangenheit, an das ich mich klammerte, denn während ich die öde Fläche überquerte und daran dachte, dass ich ein Grab suchte, hatte ich das Gefühl, ein Irrtum lenke meine Schritte, und auf die Frage, was ich in Corrales verloren hatte, hätte ich keine Antwort gewusst. Irgendwoher kamen Hunde, taten so, als wären sie nicht interessiert daran, auf welchen Ort ich zusteuerte. Manchmal liefen sie voraus, blickten sich um, ob ich auch folgte, nahmen ihren Weg wieder auf, dankbar, eine Aufgabe zu erfüllen und sich dann zu zerstreuen, weil nichts davon ihre Angelegenheit war.

Als wir eintrafen, schlüpften die beiden kleineren durch das Gitter, blieben stehen und sahen zu, wie ich an dem Schloss rüttelte. Kein Schild verriet die Öffnungszeiten, und weit und breit kein Wärter. Ich erspähte nur ein paar Krypten, die Mauer mit den Grabnischen, wenige Grabplatten und ganz hinten, dem Wetter ausgesetzt, das Feld mit dem Unkraut und den Eisenkreuzen. Hansen hatte seine Beute viele Meter weit schleppen müssen oder sie über die Mauer geworfen und nachher aufgelesen. Es war schwer, sich das vorzustellen.

Ich nahm mir vor, am nächsten Morgen wiederzukommen, und machte mich auf den Rückweg, ging am Krankenhaus vorbei, dessen Dachgesims gerade von der Sonne vergoldet wurde, dann am

Polizeirevier, und weiter unten führte mich der Billardlärm zum Arbeiterclub. Durch das Fenster zur Straße sah man einen Raum mit zwei Pooltischen, dahinter schloss sich eine Galerie an, die am Ende von einer Holztheke begrenzt wurde. Links führten mehrere Bögen zu einem Theater oder einem Veranstaltungssaal mit Bühne samt einem Vorhang in verschossenem Rot, der in Fetzen hing. Die Einheimischen sammelten sich um die Tische in der Galerie, im Radio spielte Musik, die Billardkugeln klackten, und ein dichtes Gewebe von Stimmen mischte Spanisch und Portugiesisch in einem Singsang, der die Betonungen abstürzen ließ, um sie gleich wieder aufzufangen.

Der Wirt brachte mir ein Bier, ich war dankbar für den kühlen Schluck, und kaum hatte ich meinen Blick ein wenig wandern lassen, saß schon Jonathan mit einem Freund bei mir am Tisch. Sie hatten die Queues abgegeben, nachdem ihnen ein Junge auf die Schulter getippt hatte. Sein Begleiter hatte krauses Haar und bewegte tonlos die Lippen, legte jedoch seinen Arm über meine Stuhllehne und streckte die Beine von sich, während Jonathan mir gegenübersaß und mit einem Finger über die Tischdecke kratzte, die Augen immer noch hinter dem Mützenschirm verborgen. Als die Frau im Türrahmen erschien und entschlossen hereinkam, war es aus mit meiner Illusion, nicht weiter aufzufallen.

»Ihr zwei da, he, ihr Mistkerle«, sagte sie, während

sie auf uns zuging, das Haar zusammengebunden, die Arme verkrampft.

»Der Heiland soll euch verfluchen. Die Muttergottes bespucken, was habt ihr mit Teresa gemacht?«

»Nichts, gar nichts«, beteuerten beide und lehnten sich zurück, während die Frau sich auf den Tisch stützte.

»Wir waren mit dem Herrn hier zusammen, haben ihn zum Friedhof begleitet«, sagte Jonathan und deutete beidhändig auf mich. Da maß mich die Frau mit einem Blick, richtete sich langsam auf, musste eingestehen, dass sie mich nicht kannte. Sie hatte eine welke Haut, war jedoch hübsch, vom Muttermal auf ihrer rechten Wange ging ein Beben aus, das sie mit einem Schnauben zu steuern versuchte. Ich wusste nicht, wer Teresa war oder was man mit ihr getan hatte, und als die Augen der Frau immer härter wurden und die Stille im Lokal immer tiefer, wäre ich fast aufgestanden, nickte stattdessen jedoch langsam. Da beschimpfte sie mich, nannte mich »Schafskopf«, biss sich auf die Lippen und stieß Drohungen aus, bis der Wirt und ein weiterer Mann sie bei den Armen nahmen und zur Tür hinausschoben.

Die beiden Jungen entspannten ihre Beine unter dem Tisch, und als von der Bar erneut die Stimmen herüberdrangen, nahm Jonathan die Mütze ab, schlug sie auf die Tischdecke und setzte sie wieder auf, den Schirm nach hinten. Der andere beugte sich zu mir und lehnte sich wieder zurück, als hätte ich etwas Witziges gesagt. Sie warteten ein paar Minuten, zogen eine entschuldigende Grimasse, und bevor ich wusste, wie mir geschah, gab Jonathan mir erneut feierlich die Hand und lief seinem Freund hinterher.

Von dem Ärger mit der Frau erfuhr ich am nächsten Morgen, als mir der Herbergsbesitzer sagte, der Friedensrichter habe nach mir gefragt, ich solle bei ihm vorbeigehen. Er erklärte mir den Weg. Die Nacht über hatte ich keine weitere Ablenkung gefunden und musste mir ausmalen, zu welchen Grausamkeiten wohl ein Junge fähig ist, der in einer Zweitligamannschaft triumphieren will, die gerade mal über eine Koppel verfügt, eventuell mit Wasserhahn, Umkleidekabine und Fanclub, und ich stellte mir vielerlei Weisen vor, auf die er seine Jugend womöglich missbrauchte, so dass ich bis zum Morgendämmer kein Auge zutat. Ich konnte mir kaum erklären, wie unüberlegt ich ihn in Schutz genommen hatte, ihn und seinen Freund, und als der Mann mir die Nachricht des Friedensrichters weitergab, ließ ich ihn sogleich mit dem Regal allein, das er zusammennagelte, und machte mich Richtung Riesenrad auf, ohne großes Vertrauen in mein Schicksal. Als ich ein paar Ecken weiter am Polizeirevier vorbeikam, gesellte sich ein gedrungener Mann mit ausladendem Strohhut zu mir, der lächelte, als hätte man ihm gerade einen guten Witz erzählt.

»Schöner Tag für einen Rundgang«, sagte er und

wiegte den Kopf. »Viel gibt es nicht zu sehen, aber etwas finden Sie bestimmt. Viele interessieren sich für die Stollen unter dem Dorf, wissen Sie.«

Obwohl er alt aussah, schritt er mit dem Schwung eines Soldaten am Abmarschtag aus, in der Hand eine Aktentasche.

»Man könnte meinen, bei all den Löchern hier müsste es Verrückte zuhauf geben, aber so viele sind es gar nicht. Da, sehen Sie«, er bestand darauf, dass ich an den Straßengraben trat. »Hinter der Mauer mit der Heckenkirsche wohnt die Frau, die gestern im Club so respektlos zu Ihnen war. Gisela heißt sie. Sie hat eine Tochter und eine Kuh. Die Tochter ist stumm, und die Mutter redet merkwürdig daher, aber es sind keine schlechten Leute. Sie verkaufen die Milch«, sagte er, während er mich am Ellbogen nahm und auf die Straße zurückführte. »Eine Mutter mit fünf Kindern hat allen Grund, in die Milch zu spucken, die man ihr nicht verkauft. Das war der Streit zwischen Jonathans Tante und Gisela, aber der ganze Ärger reicht noch viel weiter zurück, und wenn man sich ansieht, was sie mit Teresa gemacht haben …«

Er bückte sich und hob einen Stein auf, drehte ihn vor den Augen und gab ihn mir.

»Das Gelbe ist Limonit, sehen Sie? Wenn Sie den Stein zerschlagen, finden Sie Gold. Jetzt sind Sie ein reicher Mann!« Er lachte und ermunterte mich zum Weitergehen. Er war mir ein Stück voraus, gab sich aber Mühe, auf mich zu warten. Es sei während der Siesta geschehen, erzählte er, mit einem Büstenhalter, die erstickten Schreie des Mädchens hätten die Mutter geweckt.

Eine halbe Minute lang, vielleicht auch länger, verschmolz das Knirschen der Kiesel unter den Sohlen mit dem Gekreisch der Papageien in den Eukalyptuswipfeln. Der Mann bemerkte wohl, dass ich bleich geworden war, denn er wandte mir sein unrasiertes Gesicht zu und musterte mich eingehend. Er zog die dichten weißen Brauen hoch, kratzte sich am Kinn und sagte:

»Üble Sache. Wenn Sie so nett sind und mich begleiten … keine Sorge wegen Ihrer Verabredung, ich will Ihnen etwas zeigen.«

Wir nahmen einen Lehmweg, der sich zu einem Pfad verengte, kletterten über ein paar Felsen zu einem kleinen Vorsprung hinab, von dem aus man die Schlucht überblicken konnte: Steine und Gestrüpp, weiter hinten der Bach und mitten im Bach eine grün angemalte Kuh. Jonathans Freund schrubbte mit einer Bürste ihren Rücken, ein Polizist saß auf einem Stein und rauchte eine Zigarette.

»Teresa …«, sagte ich erleichtert.

Er nickte und schubste mit dem Schuh ein paar Steine weg.

»Um den Euter haben sie ihr einen Büstenhalter gebunden, der an Giselas Wäscheleine hing.«

Ich war froh, kein Verbrechen gedeckt zu haben,

wusste aber immer noch nicht, worauf der Richter hinauswollte. Wir durchquerten ein Wäldchen mit Zedrachbäumen, übersprangen einen Straßengraben und gelangten zum Hühnerstall eines bescheidenen Häuschens. Der Richter umrundete das leere Gehege, verscheuchte einen der Hunde, die mich zum Friedhof begleitet hatten, und bat mich in eine Küche voll schmutzigen Geschirrs, darin auch ein Bett, zwei alte Sessel voller Bücher und ein Holzofen. Er forderte mich auf, die Bücher beiseitezuräumen und mich zu setzen, doch nach einem kurzen Blick auf die Unordnung griff er sich zwei Gläser, holte einen Krug Wasser aus dem Kühlschrank und führte mich durch das Arbeitszimmer, das nach vorne hinausging, zu ein paar Eisenstühlen, die unter einem Zedrachbaum standen.

»Ich bin Carlos Brauer«, sagte er, nachdem er uns eingegossen hatte, »und Sie?«

»Wenn das so ist, muss ich wohl ein Betrüger sein«, sagte ich, und er reichte mir die Hand.

»Keine Angst. Ich habe Ihren Namen aus dem Gästebuch der Herberge. Man nennt mich Beppo.«

Er lehnte sich zurück und trank einen Schluck Wasser.

»Die Farbe haben sie einem Nachbarn geklaut«, sagte er wie zu sich selbst, »aber jetzt muss sie abgewaschen werden.«

Ich wartete darauf, dass er mir meine Lüge im Lokal vorwerfen würde, doch er saß auf seinem Stuhl und schwieg beharrlich, so dass ich von der schlimmen Nacht erzählte, die ich hinter mir hatte.

»Das kann ich mir denken. Ich hätte auch keine Ruhe gefunden.«

»Ich bin froh, dass sich alles aufgeklärt hat.«

»Nun ja, nicht alles. Gleich muss ich mit dem Kommissar los und Jonathan und das stumme Mädchen suchen, wo immer sie stecken mögen.«

Er sah mich von der Seite an und fügte hinzu:

»Sie heißt Sandra und hat, scheint's, ihren Romeo gefunden. Wenn Sie so nett wären und mir jetzt sagen, in welcher Beziehung Sie zu Jonathan stehen, könnte das hilfreich sein.«

Ich erzählte ihm von unserer knappen Unterhaltung auf dem Weg zum Club und wie sehr mir seine salbungsvolle Art, sich zu verabschieden, gefallen hatte.

»Man kann verstehen, dass er das Dorf verlassen will, aber auf das Wie kommt es an. Er ist kein schlechter Junge; ein Träumer, mag sein. Der Vater sitzt in Melo im Gefängnis, und der ist auch kein schlechter Kerl. Er hat in San Gregorio gearbeitet, sagt Ihnen das etwas?«

»Ich habe von der Straße aus die Lastwagen gehört.«

»Ein Loch von vierhundert Metern Durchmesser und über hundert tief. Selbst nachts sind sie dort, jeden Tag im Jahr, denn für zwei Gramm Gold muss eine Tonne Granit gewälzt werden. Klingt nach

Wahnsinn, aber sie verdienen mehr als die Engländer zu Zeiten meiner Urgroßmutter. Sandras Vater, Aiache, hat auch in San Gregorio gearbeitet.«

»Aiache?«, unterbrach ich ihn.

»Vielleicht haben Sie gehört, dass nach Fertigstellung der Eisenbahnstrecke die Schienenarbeiter von Riveras Standesamt übernommen wurden, ohne jegliche Beziehung, sagen wir mal, zu einem Schreibgerät oder höchstens zu dem, mit dem man Schwellen markiert. Sie brachten es wohl nicht fertig, den Rumänen einzutragen, und schrieben auf Spanisch nur die Initialen aus.«

Da parkte ein Jeep vor dem Haus, und ein Mann, den ich nicht erkennen konnte, hupte mehrmals.

»Trinken Sie in Ruhe Ihr Wasser aus«, sagte der Richter, während er aufstand. »Hören Sie auf mich, machen Sie sich einen schönen Tag, und am Abend treffen wir uns im Club.«

Ich sah ihm nach, er stieg mit dem Hund in den Jeep und hinterließ eine Staubsäule auf der Straße. Ein trockener Wind verwirbelte sie zwischen den Bäumen wie eine Woge Licht aus dem Steinmeer ringsum. Ich hatte nichts weiter auf diesem Stuhl unter dem Zedrachbaum zu tun, lehnte also die Tür zum Arbeitszimmer an, öffnete sie jedoch nach kurzem Zögern wieder und ging in die Küche, um einen Blick auf die Bücher zu werfen, die sich auf dem Sessel stapelten. Da lagen ein Band mit Oden und Episteln von Horaz, ein paar billige Krimiausgaben, ein geografischer und ein historischer Atlas, ein altes Handbuch über Dieselmotoren, Freuds Traumdeutung, ein Buch über Bergbau, an die zwanzig Klassiker sowie unzählige Bände des Almanachs der staatlichen Versicherungsgesellschaft. Nichts, was mich zuverlässig zu Beppos Innenleben geführt hätte. Ich schloss die Vordertür wieder, machte mich zum Friedhof auf, beunruhigt davon, was Jonathan zur Entführung des Mädchens bewegt haben mochte.

Ich hätte nachfragen sollen, bevor ich das freie Feld überquerte, denn kaum hatte ich das Krankenhaus hinter mir gelassen, fiel wieder die Hitze über mich her, doch unter der erdrückenden Sonne behielt ich trotz leichtem Delirium mein Ziel im Auge, nur um den Friedhof erneut geschlossen vorzufinden. Es schien töricht zu sein, Hansens Vergangenheit in den Überresten eines Grabes zu suchen, das nicht mehr zu identifizieren war, und doch lehnte ich mich ans Gitter und vermisste die Hunde, die zu dieser Stunde sicher unter den Bäumen lagen. Ein Lastwagen hüllte mich in Staub und entfernte sich hügelabwärts über den Damm, der zur Landstraße führte. Ich folgte ihm in der Annahme, dadurch schneller ins Dorf zu gelangen, nahm aber einen endlosen Umweg über öde, gewundene Straßen, so fern von jedem Schatten, dass ich fürchtete, in Ohnmacht zu fallen.

Als ich die Herberge betrat, balancierte der Inhaber gerade ein Brett auf der Theke und tastete nach der Hosentasche, wo sein Handy klingelte. Ich hielt das Brett für ihn, mit einer Gebärde des Dankes entfernte sich der Mann ein paar Schritte und sagte, noch nicht, aber er werde ihn anhören, werde hinübergehen, sobald er mit der Arbeit fertig sei. Dann half ich ihm, das schwere Brett herunterzuheben, er reichte mir ein Glas Bier und bot mir einen Platz auf ein paar Säcken Portlandzement an.

Er wusste, dass ich zum Friedhof gegangen war, und fragte, ob dort Verwandte von mir lägen. Beim Sprechen beugte er sich nach vorn und blickte mich nicht an, ließ seine müden Augen durch den Raum wandern, als hätte er seit dem frühen Morgen getrunken. Bestimmt war mein Zusammenstoß mit der Zigeunerin bereits in aller Munde, doch der Mann bezog sich auf meinen heutigen Ausflug, und ich antwortete, er sei geschlossen gewesen. Dann schien er aufstehen zu wollen, griff jedoch nur nach einem Bolzen auf dem Boden.

Die Sonne verweilte vor zwei zerlegten Motoren auf den Fliesen, vor Kautschukresten, Trennwänden und Werkzeugen, die uns unter dem kurzen, monotonen Quietschen des Deckenventilators umgaben. Er schien den Fliegen zuzuschauen, die gegen die Fenster zur Straße und gegen die rissigen Wände torkelten, in der Gewissheit, in eine Falle geraten zu sein.

»Arbeiten Sie allein?«, fragte ich.

»Eigentlich sollte der Junge helfen«, sagte er, »aber wie soll man sich auf so einen Esel verlassen?«

Ich nahm an, dass er sich über die Herberge ärgerte, über Jonathan und über mich und kaum glauben würde, dass ich einen Bekannten in Corrales hatte.

»Er taucht sicher jeden Moment auf«, sagte ich voll Zuversicht.

»Wissen Sie, ich muss mich um ihn kümmern, er ist der Sohn meines Bruders. Aber wenn ich in Ihrem Alter und auf Durchreise wäre, ich würde nicht eine Münze auf den Jungen setzen. Bleiben Sie lange?«

»Brauchen Sie das Zimmer?«

»Das werden Sie schon rechtzeitig erfahren«, sagte er und erhob sich, setzte die Brille auf, griff zum Lötkolben und schleifte einen Gasballon zum Kühlschrank. Nach dem ersten Flammenstoß hielt ich es für ratsam, zum Mittagessen zu gehen. Ich überquerte die Straße und trat in den Gesellschaftsclub, etwas gediegener als der Arbeiterclub, mit Holztischen, einem großen Spiegel hinter der Bar und einem Ballsaal, in dem ein Kristalllüster hing. Eine Frau band gerade bunte Luftballons daran fest, eine andere blies Luftschlangen, und an zwei Tischen waren Stammkunden ins Kartenspiel vertieft, als ginge sie die Mittagsstunde, die Straße und die Zeit, die sie dort bereits saßen, nichts an. Keiner erwiderte mein Kopfnicken, doch wenn sie beim Spiel nicht an der Reihe waren, beobachteten sie mich beim Essen. Die Frauen hingegen scherzten und lärmten durch den Saal.

Als ich den Club verließ, machte ich einen Abstecher zum Bach, wo Jonathans Freund noch immer die Kuh abschrubbte, und den restlichen Nachmittag wartete ich ungeduldig darauf, etwas anderes zu hören als das Suhlen der Schweine auf dem Gelände nebenan, die Glut der Siesta und Davisons Satz, nur wenige Schritte entfernt in Eisenlettern geschrieben, der sich wieder und wieder Gehör verschaffte, vielleicht weil er so schön rund und bündig klang, in einem Dorf, das Felsen umschlossen. Irgendwann hatte ich das Gefühl, dass die Sonne die Dielen im Zimmer bog, ihre Holzfasern versengte und ihnen ein leises Knarren entriss, doch dann merkte ich, dass ans geschlossene Fenster geklopft wurde, das die Hitze aussperren sollte. Eine Hand erschien und verschwand wieder, und als ich öffnete und ihn unten hocken sah, die Mütze in den Nacken geschoben, der Blick unruhig, suchten meine Augen das Mädchen auf dem Gelände.

»Mister«, sagte Jonathan, ohne sich aufzurichten, während er ein Stöckchen in den Händen zerbrach. »Tun Sie mir einen echten Freundschaftsdienst?«

Ich stand am halb geöffneten Fenster und schwieg, horchte auf den stockenden Atem des Jungen und auf das, worum er mich bitten würde, sein Gesicht und seine Hände voll Schmutz.

»Geht nicht um Geld, Mister. Ist bloß ein kleiner Gefallen«, sagte er, ohne den Blick von den Gänsen zu wenden, die hinten aus dem Gang hervorkamen.

»Du musst das Mädchen zurückbringen«, sagte ich.

»Aber sie will nicht.«

»Du musst sie zurückbringen«, beharrte ich.

Jonathan rieb sich den Kopf.

»Gehen Sie heute Abend zum Schuppen beim Riesenrad und sagen Néstor, um eins, an der alten Straße.«

Er griff nach meiner Hand, schüttelte sie zweimal und schlüpfte wie eine Maus über das Wellblech, das die Mauer zum leeren Gelände bedeckte. Dann sah ich ihn in der Ferne über einen Zaun springen, und obwohl ich den Onkel, der am anderen Ende des Gangs hämmerte, hätte rufen oder das Polizeirevier verständigen müssen, hielt mich die Trägheit der Siesta zurück, irgendetwas in dieser dicken Woge heißer Luft, die aus der Höhle zu mir drang, in der sich der Junge und die Stumme, voller Vertrauen und ohne Chance, ewige Liebe schworen oder was auch immer sie zur Flucht getrieben hatte. Ihr Versteck war nicht zu orten, ja ich wusste nicht einmal etwas über das Leben, das Sandra mit der Mutter und der Kuh führte, nichts von dem, was sie hinter sich lassen wollte, aber es genügte ein Blick auf die trügerische Ebene, die die Berghänge hinanstieg, um zu wissen, dass dort in irgendeiner Niederung oder einem Hohlweg der Stollen war, in dem sich die Illusionen verbargen, die sie früher oder später würden aufgeben müssen. Aber vielleicht vertraute ich dem

Jungen zu sehr, und mit diesem Zweifel schloss ich das Fenster.

Um halb sechs Uhr abends füllten die Einheimischen allmählich die Gehwege mit Stühlen, Kindern, Hunden. Aus dem Lokal des Gesellschaftsclubs drang muntere Musik, deren Grund, wie sich ein paar Stunden später herausstellte, der Samstag war, samt seinen jungen Männern mit ihren bunt besetzten Gürteln, den Halstüchern und Ausgehmützen. Sie sammelten sich vor dem Club, wo in der Nacht getanzt werden würde, drehten sich einhändig Zigaretten, während die vorbeifahrenden Motorräder sie in Staub hüllten.

Nur, um mir die Zeit zu vertreiben, ging ich zur Schlucht und stieg hinunter zum Bach. Kuh, Junge und Wachmann waren weg, ich trat in mehrere Öffnungen und Stollen, die sich ihren Weg unter dem Dorf bahnten und halb unter Wasser standen, und als ich es müde war, im Gestrüpp herumzuschnüffeln, und die Sonne allmählich unterging, machte ich mich zum Arbeiterclub auf. Im Theater drängten sich die Einheimischen vor langen Tischen und lauschten aufmerksam dem großen, bleichen Mann auf der Bühne, der die Nummern ausrief, die ein Mädchen ihm reichte. Das Mädchen zog bloß die Kugeln aus der Trommel, aber der Mann deklamierte so theatralisch, dass er den Vorhang zum Leuchten brachte, als wäre er neu. Das Lokal war randvoll, ein Mann stimmte gerade eine Gitarre, und es gab keinen einzigen freien Tisch, also ging ich zur Theke, bestellte ein Bier, Ellbogen an Ellbogen mit einem Krüppel, der sein Weinglas zwischen den Fingern drehte. Kurz darauf erkannte ich den Richter an einem der Bingotische, schläfrig vornübergebeugt, oder vielleicht hatte er bloß Mühe, die Nummern zu lesen. Ich wollte schon zu ihm gehen, als mich zwei Männer ablenkten, die über Aiaches Jähzorn sprachen. Einer hatte ihn eine Hündin misshandeln sehen, weil ihm sein Lohn nicht ausbezahlt worden war, und der andere wollte ebenfalls eine Anekdote zum Besten geben, musste aber die ausführlichen Erläuterungen seines Freundes abwarten, der die Unschuld der Hündin beteuerte. Als er endlich loslegen konnte, legte auch der Gitarrist mit einem Lied los, und ich schnappte nur ein paar Satzfetzen auf, über den Bergbau, eine Lüge und eine Beerdigung.

Von meinem Groll auf den Sänger erlöste mich der Richter, der plötzlich neben mir stand, mir die Hand reichte und mich an einen frei gewordenen Tisch bat. Er ließ sich seine Flasche und zwei Gläser mit Eiswürfeln bringen und beugte sich zu mir.

»Ich weiß nicht, warum ich Bingo spiele«, sagte er ernst. »Seit zwanzig Jahren langweilt es mich schon.«

Er lehnte sich mit einem Lächeln zurück, das nicht mir galt, vielleicht den Männern hinter uns, denn als die Whiskyflasche kam, nickte er mehrmals und zog die Nase kraus. Dann schob er mein Bier beiseite und füllte ein Glas für mich, und ich fragte, wie es ihm mit Jonathan ergangen sei. Er sagte, sie hätten den Nachmittag auf der Landstraße verbracht, in Sümpfen und Wäldern, ohne die beiden zu finden. »Sehr schade«, konstatierte er, »denn jetzt wird alles nur noch schlimmer. Soll ich Ihnen die Wahrheit sagen? Der Junge kennt zu viele Verstecke. Kunststück, da er wild aufgewachsen ist. Doch was hat er vor? Wissen Sie es?«

»Er will mit dem Mädchen fort«, wagte ich zu vermuten.

»Er kann nirgendwohin. Wir haben die Zollstation von Manuel Díaz verständigt, den Onkel in Livramento, überwachen zwei Straßen; die Zigeunerin schäumt. Wohin wollen die Kindsköpfe, haben doch vermutlich nicht mal hundert Pesos in der Tasche. Ich sage Ihnen, was passieren wird: Man wird sie finden, ob zusammen oder getrennt, und wird sie tüchtig verprügeln. Nicht, weil sie ausgerissen sind, sondern weil sie es miteinander getan haben, denn wäre es nach Jonathans Tante gegangen, die Kuh hätte grün oder blau sein können, sie hätte das kaum bedauert.«

Immer gesprächiger, je öfter er sich nachschenkte, und von Anfang an entschlossen, mit nichts hinter dem Berg zu halten, erzählte mir der Richter, dass sich die beiden Frauen seit zwei Jahren bekriegten, obwohl sie früher Freundinnen und einverstanden mit den Plänen ihrer Männer gewesen seien. Jonathans Vater Julio hatte sich, nachdem er Witwer geworden war, mit der Schwester seiner Frau zusammengetan, die ihm vier Kinder schenkte, und er arbeitete bereits in der Mine, als Aiache eingestellt wurde, ein nervöser Kerl, sagte er, naiv und etwas eingebildet. »Oder eher argwöhnisch, denn er wollte hoch hinaus, hatte aber wenig Einfälle und fürchtete ständig, dass man sie ihm klaute.«

»Julio und Aiache kannten sich von früher«, fuhr er fort. »Sie besuchten sich selten, kamen jedoch hier zusammen, in diesem Lokal, und nach einem Jahr heckten die beiden eine Sache aus, ebenso verrückt wie die der Kinder jetzt. Vielleicht haben Sie ja den Stein zerschlagen, den ich Ihnen gegeben habe. Dann haben Sie die Goldfäden gesehen, fein wie Haare, und erkannt, dass man sie einfacher mit dem Auge sieht als mit den Händen greift. Jetzt stellen Sie sich die Größe der Felsen vor. Sie können ins Wasser hinabtauchen, können durch die Luft fliegen, einen Brunnen graben, aber nicht behaupten, Sie könnten in den Fels schlüpfen, sofern Sie nicht verrückt sind, mein Freund, hoffnungslos verrückt. Und trotzdem zersprengt man ihn mit Dynamit, transportiert ihn ab, zerschlägt und zerkleinert ihn, und nach jedem Mahlgang breitet man den Staub auf großen Blechen aus, wo sich das zermalmte Quarz mit Kupfer mischt, Quarz mit Limonit, mit ein paar Gramm Silber, Dreck über Dreck mit wenigen Milligramm Gold. Die Spanier fingen damit an, Franzosen und Engländer machten weiter, stur bohrten und bohrten sie, nutzten die Energie des Cuñapirú für ein Wasserkraftwerk und zermahlten die Steine, die in den Kipploren der Luftbahn herbeischwebten. Sind Sie dort gewesen? Da gibt es eiserne Zahnräder von zwei Metern Durchmesser, tonnenschwer, die auf Ochsenkarren hergeschleppt wurden, denn das war vor über hundert Jahren, als hier vom Automobil noch nicht mal die Rede war, geschweige denn von einer anständigen Straße. All das wurde, wie man mir erzählt hat, mit zweitausend Ochsenkarren errichtet. Der Marquis de Malherbe ließ sich neben dem Kraftwerk eine Villa bauen, die ihn ein Vermögen kostete, dergleichen hatte hier noch keiner gesehen; es kam zu Streiks, zu Morden, den ersten Streik im Land haben die Bergleute ausgerufen, und er fand in Corrales statt, hier waren Menschen aus aller Herren Länder, ein Sprachengewirr, wie es überall wuchert, wo Gold zu finden ist, und schließlich fiel das Wasserwerk an den Staat, bis es 59 vom Hochwasser zerstört wurde. Vor ein paar Jahren kamen die Kanadier und haben wieder einmal das Blaue vom Himmel und das Gelbe aus der Erde versprochen. Das Gelbe für mich, die Erde für dich, denn man weiß, dass in den Minen nur Elend verteilt wird. Hören Sie auf mich und gehen Sie hin, Sie werden eine Stute und zehn Hühner durch die Zimmer des Marquis spazieren sehen, dort gibt es riesige Seilrollen und verrostete Stahlmaschinen, Fledermäuse und Tauben, zerstörte Schalttafeln, Schleusen, Stollen und Kammern, aus denen die Eidechsen schlüpfen. Mehr gibt es nicht, denn mehr ist nicht übrig.

Aber zurück zu unserer Geschichte: Julio und Aiache arbeiteten beim neuen Steinbruch in der Mühle, im Abschnitt vor dem letzten Mahlgang, bei dem die Maschine alles noch feiner zerreibt, die Ausbeute absondert und zu einem massiven Goldbarren schmelzt. Julio bei der Kontrolle, der andere unten beim Sieb, bis Aiache auf die Idee kam, jeden Tag ein paar Handvoll mitgehen zu lassen, die Julio aus der Maschine nahm. Grobes Rohmaterial, noch unrein, aber so weit zerkleinert, als hätten zehn Kolonnen für sie gearbeitet. Sobald Julio alles vorbereitet hatte, fingen sie an, die tägliche Portion Geröll mit einer mechanischen Mörsermühle, dreihundert Kilo schwer, zu mahlen, die sie in einem stillgelegten Bergwerk aufgestellt hatten. Ein Bergwerk, das schon zu Zeiten der Franzosen aufgegeben worden war, weit oben, beim Bach, wo sie sich abwechselnd an den Hebel hängten, von vier bis sechs Uhr früh. So ging es einen ganzen Winter. Den Staub taten sie in Suppenschalen, gossen Quecksilber hinzu und sahen, was herauskam. Manchmal hatten sie Glück, manchmal nicht, und der Pick-up der San-Gregorio-Mine las sie jeden Tag müder und dreckiger an der Haltestelle im Dorf auf.

Damals waren die Familien mit von der Partie. Gisela und Marga aßen gemeinsam zu Mittag, hüteten gemeinsam die Kinder, die nichts von der Sache wussten, oder zumindest glaubten sie das, bis Marga eines Tages hörte, wie Jonathan zu seinen Freunden sagte, er müsse sich keine Münzen aus dem Klingelbeutel fischen, denn bald sei er reich, und da er nicht undankbar sei, werde er sich an die erinnern, die ihm ihr Fahrrad geliehen hätten. Julio bekam einen entsetzlichen Wutanfall, verbot ihm, noch einmal davon zu reden, und gab ihm einen Monat Hausarrest, weshalb der Junge während dieser Zeit sozusagen nur mit der Stummen sprach, und jetzt fällt mir ein, dass die Sache mit den beiden vielleicht damals angefangen hat.«

Beim dritten Glas hatte der Richter ein gerötetes Gesicht, und seine Augen glänzten, als gesellte sich zum Whisky und seiner Geschichte ein verborgenes Vergnügen, das seiner Stimme diese aufgeregte Rauheit gab.

»Das Problem war also, dass Aiache allmählich um die Sicherheit der Körnchen und Splitter fürchtete, die sie in einem Glas sammelten, das Julio aufbewahrte, wo genau, haben wir nicht herausgefunden. Mag sein unter dem Bett oder im rückwärtigen Schuppen. Der Junge wusste jedenfalls, wo, und konnte es sich schnappen, wann immer es ihm einfiel. Deshalb wollte Aiache das Glas mit nach Hause nehmen, und sie wurden sich nicht einig. Weshalb sollte man dem stummen Mädchen eher trauen? Man hörte ja nicht einmal, wenn sie mit etwas angab. Schließlich hatte Aiache eine Idee, um die Spinnereien irgendwie zu benennen, die in seinem Kopf herumspukten und ihm ein Gefühl der Überlegenheit gaben. Sie kletterten eines Nachts über die Friedhofsmauer, suchten sich als Orientierungspunkt ein Kreuz und einen Baum, machten vom Baum aus fünfzehn Schritte im rechten Winkel und begruben das Glas. Sie konnten die Freiheit verlieren, sogar das Gold, das sie bei der Verhaftung wieder angehäuft hätten, aber das Glas war sicher aufbewahrt in beider Verschwiegenheit.

Sechs Monate machten sie weiter so, mahlten, zählten und wechselten sich am Hebel ab, doch zum Streit kam es, mein Freund, als sie ihren Grundstock erweitern wollten und das Kreuz nicht mehr fanden. Können Sie sich ihr Erstaunen vorstellen? Sie gingen alle Namen der Kreuze auf dem Feld durch, einen nach dem anderen, überprüften sie ein zweites Mal. Es war nicht da, als hätte es niemals existiert. Doch das war unmöglich, und während sie noch einmal die Runde machten, wuchs ihr Misstrauen, und am Ende beschuldigten sie sich gegenseitig. Sie schlugen aufeinander ein, an Ort und Stelle, und Aiache bekam am meisten ab. Genau so war es: Einer musste auf dem Friedhof dran glauben, und der andere behauptete, Aiache sei rückwärts umgekippt und auf einen Stein gefallen, was durchaus sein konnte, denn noch in derselben Nacht haben wir uns den Blutfleck angesehen, und der Stein war nicht bewegt worden.

Gleich machte das Gerücht die Runde, auf dem Friedhof liege ein Schatz begraben und ein Kreuz sei verschwunden. Im Dorf war von nichts anderem mehr die Rede. Manch einer begab sich zwischen den Gräbern auf die Suche, und am nächsten Tag sah man Gruben über Gruben, und wir mussten eine Wache aufstellen. Es war ein Glas gewesen, aber man machte eine Truhe daraus, sprach von zweiundzwanzigkarätigen Körnern, von Barren sogar. Obwohl sie Julio seit eh und je kannten, wollte keiner glauben, dass er die Sache nicht eingefädelt hatte, denn nie hat er verraten, um welches Kreuz es sich handelte und ab welchem Baum sie rechtwinklig die Schritte gezählt hatten, denn es standen mehrere dort. Mit der Geschichte kam er nach Rivera vors Gericht und von da ins Gefängnis, wo er noch ein paar Jahre abzusitzen hat.

Inzwischen meldete sich die Nichte des alten Gabino und erstattete Anzeige, weil das Kreuz ihres verstorbenen Onkels fehlte. Falls der Schatz auftauche, werde sie ›Entschädigung‹ verlangen. Gisela stachelte sie an, denn im Grunde wollte sie alles befördern, was Marga und den Kindern das Leben vergällte. Die Zigeunerin glaubt nicht an einen Unfall und hat alle davon überzeugt, dass die Julios, wie sie sie nennt, nur warten, bis er seine Strafe abgesessen hat, um das Gold vom Friedhof zu holen und sich zu verdrücken. Mehrmals sind die beiden Frauen aufeinander losgegangen, und selbst als sich die Wogen glätteten, war ihnen jeder Anlass recht für einen Streit. In Corrales kann man sich kaum aus dem Weg gehen.

Nichts und niemandem kann man in Corrales aus dem Weg gehen, denn wie der Herr Doktor gesagt hat: alles, was war, existiert. Einander zu gefallen, über den Hass der beiden Frauen hinweg, war also das Letzte, was die beiden Kinder hatten tun dürfen. Inzwischen habe ich erfahren, dass sie sich heimlich trafen, und als die zwei Jungs gestern fortgelaufen sind, hat die Zigeunerin Rulo mit Steinwürfen verfolgt. In dem Moment muss Jonathan Sandra abgeholt haben. Noch weiß ich nicht, ob sie es geplant hatten oder ob es spontan geschah.«

Der Richter hielt sein Glas in der Schwebe, schnalzte mit der Zunge und trank aus. Einige Sekunden blieb er in Gedanken versunken, dann wurde sein Blick bohrender. Die kleinen Mandelaugen schienen eine Antwort von mir zu fordern, aber ich wusste, dass es da noch etwas anderes gab. Ich erzählte ihm, weshalb ich nach Corrales gekommen war, und er hörte aufmerksam zu, wollte Genaueres über Hansens Ende wissen, über seine Hinterbliebenen. Da trat ein dunkler Hüne in blauem Hemd zu uns, den mir der Richter als Kommissar Santana vorstellte. Der Mann reichte mir eine schlaffe, raue Hand, während er sich an den Tisch setzte, und ließ sich meine kurze Geschichte von Beppo wiederholen, den offensichtlich die Wirkung anstachelte, die seine Worte auf den Freund hatten, der immer mehr in sich zusammensank und den etwas zu jucken schien, denn er kratzte sich die angehende Glatze und musterte mich neugierig. Seine Augen waren müde, die Knochen bestimmt ebenso, und bevor ich mir einen Reim auf das Schweigen am Tisch machen konnte, bestellte er einen Amaro mit Soda, zog eine Augenbraue hoch, schien eine Herausforderung anzunehmen.

Fünf

Während im überfüllten Lokal die Samstagnacht rund um das Bingo, die Gitarren und die Stimmen anschwoll, erzählten mir Santana und der Richter abwechselnd, dass die Stumme eines Nachmittags aufgeregt und atemlos aufs Revier gekommen sei, am wachhabenden Polizisten gezerrt habe, damit man ihr folge. Sie brachte sie zum Friedhof, wo zwei kleine Jungs an den Vasenhaltern der Nischenmauer herumkletterten, und sobald sie begriffen, dass man sie nicht abführen wollte, erzählten sie, der Mann sei mit einem Sack aus dem Auto gestiegen, an den Grabplatten vorbeigegangen bis zum alten Feld, wo er innegehalten, sich umgeschaut und heimlich ein Kreuz ins Gras gesteckt habe. Sie hatten alles aus ihrem Versteck gesehen, und so nahm der Kommissar ihn fest, als er vor der Weiterfahrt im Dorf tankte.

Den ganzen Tag lang schrieben Richter und Kommissar für die Nachwelt an einem Protokoll mit Wohnort, Beruf, Ausweisnummer, Autokennzeichen und dem, was Waldemar Hansen ausgesagt hatte, »als wüsste er nichts von dem Gold«.

»Sie werden verstehen, dass wir ihm nicht geglaubt haben«, erläuterte Santana, »und wäre nicht unser Beppo hier gewesen, ich hätte ganz gewiss die Geduld verloren.«

Als Erstes stellten sie fest, dass das Glas nicht im Wagen war, auch nicht fünfzehn Schritte von einem der Bäume entfernt, die im rechten Winkel zum Kreuz und nicht zu nah an einer Mauer standen. Sie hoben mehrere Gruben aus, mehr als nötig, und gaben schließlich auf, voll Ärger, da sie nicht begreifen konnten, was hier gespielt wurde, denn entweder war die Geschichte mit dem Gold erfunden, oder Hansen hatte das Kreuz an die falsche Stelle gesteckt, und in dem Fall mussten sie dem Grund nachgehen. Ihnen fiel auf, dass das Kreuz ein neues Schild mit der Aufschrift trug: »R.I.P. Gabino Pereira, gestorben am 23. August 1945. Seine Angehörigen widmen ihm dieses Andenken.« Die Nichte des Verstorbenen bestätigte, dass genau diese Worte auf dem ursprünglichen Schild gestanden hatten, nur dass es nicht aus Bronze gewesen war.

»Sehen Sie«, sagte der Kommissar, »ich bin vielleicht voreilig gewesen. Er sollte mir erklären, warum er das Kreuz aufgestellt, aber das Gold zurückgelassen hatte, doch er steckte nur die Hände zwischen die Beine, rieb sich manchmal den Kopf und sah mich so seltsam an. Als ich ihn fragte, ob er mit Julio oder Aiache gemeinsame Sache gemacht habe, wurde er zusehends nervös. Ich sagte, er werde viele Jahre

Zeit haben, um darüber nachzudenken, aber wenn er rede, würden wir ihm helfen. Schließlich schlug er die Augen nieder und bat um eine Zigarette. Ich freute mich, denn erst kommt die Zigarette, dann wird der Mund verzogen, und der Kerl packt aus. Doch der rauchte bloß stumm vor sich hin, rauchte auf und schaute uns immer wieder an, mich und den Richter, die Remington, die Gitterstäbe, die Wände, den Boden. Er zog gierig, blies den Rauch lange nicht aus, nahm sich Zeit, und als er den Stummel mit dem Schuh austrat, sagte er, er habe es in einem Bestattungsinstitut in Montevideo anfertigen lassen, weil er das alte Schild verloren habe.

Gut. Und wo er das Kreuz herausgezogen habe, wisse er nicht mehr? Er sagte, er habe es an die Stelle gesteckt, an die er sich erinnerte. Neben das Grab von Camargo? ›Das hatte ich mir nicht gemerkt, anfangs wollte ich es ja nicht zurückgeben‹, entgegnete er. Das war nun fatal, und fatal war auch seine Art zu antworten, als wäre es ihm einerlei, was gegen ihn verwendet werden konnte.«

»Aber noch weniger konnte man glauben, dass er gekommen war, um es zurückzubringen«, fügte der Richter hinzu, »denn keiner nimmt fünfhundert Kilometer für nichts und wieder nichts auf sich. Er sagte, er habe es nicht mehr ertragen, schaute mir in die Augen und schwieg. Ich verlangte eine Erklärung, und er steckte wieder die Hände zwischen die Beine. Da erzählte ich ihm von Aiaches Tod, vielleicht riss ihn das ja aus seiner Apathie, und er sperrte die Augen auf, fing zu schwitzen an und war wie weggetreten.«

»Je länger ich ihn ansah, desto suspekter klang mir alles«, fuhr Santana fort. »Ich fragte, ob er jemanden anrufen wolle, er presste die Hände gegen die Schläfen und verneinte. Wir verständigten das Amtsgericht von Rivera, denn obwohl ich kein Geständnis hatte, war da immer noch die Grabschändung, und damit konnten wir ihm das Leben schwermachen. Anschließend versuchten wir es auf die sanftere Tour. Er wirkte nicht gefährlich, und wir holten ihn aus der Zelle. Aber wegen des Diebstahls kriegten wir ihn einfach nicht dran. Ich fragte noch einmal, mit welchem der beiden er gemeinsame Sache gemacht habe, und er nickte bloß, als spräche ich eine andere Sprache, und wir waren wieder am Anfang. Weshalb hatte er es mitgenommen?«

»Er sagte, es habe ihm gefallen«, übernahm der Richter, während Santana sich zurücklehnte. »Ich fragte nach dem Grund, er dachte kurz nach und sprach dann von der Form des Eisens, von seiner Einfachheit. Vielleicht fällt es unter die menschlichen Schwächen, dass man Friedhofskreuze mitnimmt. Was meinen Sie? Ich hatte Angst, dass er mich hinters Licht führt, wollte also wissen, was er damit getan hatte. Er sagte, er habe es zu Hause an die Wand gehängt.«

»Das stimmt«, bestätigte ich.

»Haben Sie es gesehen?«, fragte mich der Kommissar.

»Die Umrisse an der Wand, denn es hing neben dem Kamin, später hat er sie überstrichen.«

»Warum das?«

»Ich weiß nicht. Vielleicht wollte er nicht, dass ich danach frage.«

»Ich will Ihnen etwas sagen«, Santana beugte sich wieder vor. »Bei mir im Esszimmer hängen ein Foto von Gardel und ein Bild vom Cerro Batoví, das meine Nichte gemalt hat, sehr hübsch. Als befände sich der Batoví über dem Fernseher. Aber das Bild ist nicht der Berg. Und Gardel ist nicht Gardel. Hätte ich Gardels Schlapphut, ich würde ihn wohl ins Esszimmer hängen, aber was wollte Hansen mit dem Kreuz eines elenden Gauchos, wenn es nicht aus einem anderen Grund für ihn wichtig war, den er nicht zugab?«

»Er hat geglaubt, dass er den wahren Grund verheimlicht«, fuhr der Richter fort, »und mir fiel auf, dass er das Schild zwar verloren hatte, sich aber Wort für Wort an den Text erinnerte. Ist das nicht seltsam? Ich fragte ihn, wie das möglich sei, und er sagte, er habe ihn aufgeschrieben. Und wozu hatte er ihn aufgeschrieben? Darauf wusste er keine Antwort.«

Aus dem Theater kam Gejohle. Jemand hatte ein Bingo, und eine Woge von Stimmen brandete auf, die zusammen mit dem Fernseher, dem Lärm im Lokal und dem Klacken der Billardkugeln einen dichten

Geräuschnebel bildete, über den Hansens Schweigen einen Schatten warf.

»Etwas verheimlichte er«, sagte der Kommissar, »und es war offensichtlich, dass ihn Friedhöfe interessierten. In seiner Kamera fand ich viele Engelsfotos. Wo er sie aufgenommen hatte? Auf dem alten Friedhof von Paysandú, erwiderte er. Sie gehen also von Friedhof zu Friedhof und machen Fotos? Er nickte, wissen Sie?«

»Grabkunst«, sagte ich, »samt ihren Künstlern, ihren Italienern, ihren Preisen ...«

»Und stiehlt man die Engel von den Friedhöfen?«

»Nein.«

»Aber Hansen hat Gabinos Kreuz mitgenommen. Hat er alles eingesteckt, was ihm gefiel?«

»Betrachten Sie es als Irrtum.«

»Einverstanden, aber was für eine Art von Irrtum?«

»Da bin ich mir nicht sicher«, entgegnete ich und musste an sein plötzliches Erschrecken denken, von dem er Verónica erzählt hatte.

»Von Kunst verstehe ich nichts, aber ich kann ein Kreuz von einem Toten unterscheiden. Konnte das Hansen auch?«

»Natürlich.«

»Und wenn er es mit den Kreuzen hatte, warum hat er sich kein Kruzifix genommen?«

»Nun gut, das ist etwas anderes.«

»Zweifellos. Die Frage ist, ob er das auch wusste.«

»Sehen Sie, ich weiß nicht, worin sein Irrtum bestand. Die Leute irren sich, auch in den ernstesten Dingen. Ich habe keine Ahnung, was ihm durch den Kopf ging, aber wenn es in der Kunst etwas Geheiligtes gibt, dann ist es ein Original.«

Der Kommissar lehnte sich wieder zurück. Für einen Moment dachte ich, dass ich ihn aus der Fassung gebracht hatte, und spürte, auf was für einem schmalen Grat ich wanderte.

»Sie meinen, Hansen …«, schaltete sich der Richter ein, »hat eine ehrwürdige Sache mit der anderen verwechselt?«

»Ich sage nur, bei ihm wäre das möglich gewesen.«

»Er kam, um zu stehlen«, unterbrach Santana. »Wir haben nie erfahren, was, und deshalb hat Ihr Freund uns beiden keine Ruhe gelassen. Jetzt kommen Sie daher und erzählen, er sei vom Balkon gesprungen, und nun glaubt er, dass ihm das recht gibt.«

»Na komm, alles muss ein Ende haben …«, beschwerte sich der Richter und breitete die Arme aus, ein Lächeln auf den Lippen, die Brauen wirr, während die Augen in ihren Schlitzen hin und her huschten.

»Sie haben nicht erzählt, was weiter mit ihm geschah«, unterbrach ich.

»Nach drei Tagen tauchte ein schwarzer Landrover auf«, fuhr der Kommissar fort, »aus dem stiegen ein Staatsanwalt aus Rivera, ein Polizist, ein junger Mann im Anzug und zuletzt eine Frau mit Stock, die behauptete, seine Schwester zu sein. Vermutlich hatte man sie aus Rivera benachrichtigt, denn auch er war überrascht.«

»Überrascht? Er fuhr zusammen und wand sich hin und her, als hätten wir ihn eben erst gefasst. Soll ich Ihnen die Wahrheit sagen? Ich befürchtete einen Fluchtversuch. Die Frau hatte etwas Einschüchterndes. Sie tauschten kaum einen Blick, wir erledigten mit dem Staatsanwalt die Formalitäten, und sie nahmen ihn mit. Ich glaube, in Rivera mussten sie eine Kaution bezahlen, und wir haben ihn nie wiedergesehen. Aber wie Sie bemerkt haben, wurde zwischen uns die Sache zum Thema einer endlosen Diskussion.«

Beppo glaubte, dass Hansen sich den Text auf dem Schild notiert hatte, weil er es von Anfang an hatte loswerden wollen. Nur aus dem Grund habe er das Datum, den Namen, die Worte der Hinterbliebenen aufgeschrieben und folglich, nach Beppos bescheidenem Verständnis, bereits von vornherein gewusst, dass er es bereuen würde. »Manchmal glaube ich sogar, dass er den Wortlaut festgehalten hat, damit er es später bereuen kann. Das Kreuz war ihm weniger wichtig.«

»Na gut, nehmen wir an, er hat es nicht verloren«, sagte Santana plötzlich. »Er hat das Schild also aus dem Autofenster geworfen. Wenn er sich einen Wandschmuck mit nach Hause nehmen wollte, musste er nichts weiter aufschreiben. Aber weshalb hat er den Schildtext notiert? Damit er die Stelle wiederfand, falls bei seiner Rückkehr ein anderes Kreuz dort stehen sollte.«

»Nico«, unterbrach ihn der Richter und schob ein Glas beiseite, »der Mann kam mit einem neuen Schild hierher, er hat das Gold nicht angerührt. Von hier hat er nichts weiter mitgenommen als sich selbst.«

»Und das Kreuz.«

»Aber er hat es zurückgegeben.«

»Eben das verstehe ich nicht.«

»Wenn du wüsstest, wozu die im Süden fähig sind.«

»Ich war auch schon in Montevideo«, verteidigte sich Santana.

»Und, was hast du gesehen? Sag, was du gesehen hast.«

Der Kommissar riss die Augen auf, wusste nicht, worauf er hinauswollte.

»Du hast eine Million Menschen gesehen, die ihr Leben ändern möchten, andere Möbel, anderes Badezimmer, andere Frau. Warum sollten sie nicht ihre Meinung über ein Kreuz ändern?«

»Das wissen wir nicht.«

»Ich bin kein Hellseher, ich weiß nicht, wozu Hansen ein namenloses Kreuz brauchte, es sei denn, unser Freund hier will es uns sagen. Wissen Sie es?«, unterbrach er sich und beugte sich zu mir. Ich schüttelte den Kopf.

»Na siehst du«, fuhr der Richter fort. »Nicht einmal sein Freund weiß es. Und da willst du es wissen, mit deinem sturen Hundskopf?«

»Dieser Hundskopf denkt besser als dein alter Kürbis«, entgegnete der Kommissar und lehnte sich zurück.

Dann diskutierten sie, warum Hansen keinen Anwalt hatte anrufen wollen, warum er einen Stuhl verrückt hatte, vom Balkon gesprungen war. Zeitweise vergaßen sie mich, musterten einander und gingen noch einmal die offenen Fragen durch. Währenddessen wollte mir nicht aus dem Kopf, wie er in Montevideo seinen erzwungenen Ruhestand hatte verbergen müssen, vor mir, vor jedem, der ihm über den Weg lief. Der Vorfall hatte ihn ins Abseits geschoben und gewiss deprimiert, und wenn ich nicht gemerkt hatte, wie bedrückt er gewesen war, hatte ich nicht weiter geblickt als Santana und Beppo, meine beiden Freunde aus dem Hansen-Club, unbekannterweise. Ich überließ mich ihren Worten, während ihre Stimmen im Samstagstrubel anschwollen, unter dem Klacken der Billardkugeln und dem Klirren leerer Flaschen.

Der Kommissar räumte ein, dass Waldemar womöglich von Friedhöfen besessen gewesen war, aber nicht, dass er das Kreuz mitgenommen hatte, weil es ihm gefiel. »Er hätte ein Foto davon machen können«, sagte er. »Aber er wollte es nicht anschauen.«

Schneller, als ich gedacht hatte, zeigte die Uhr zehn, und mir fiel ein, dass fern vom Lokal, vom allgemeinen Radau im Club und in den Dorfstraßen Jonathan erwartete, dass ich seinen Auftrag erfüllte. Einen Moment lang vergaß ich die Diskussion, dachte, wie geringe Chancen der Junge und die Stumme hatten, den beiden Männern zu entkommen, die da mit hochgekrempelten Ärmeln redeten, ohne an sie zu denken, und ebenso wenig den beiden Frauen, die sie zu Hause voll Ungeduld erwarteten. Ich wollte ihnen nicht noch mehr Kummer bereiten, konnte mich aber auch nicht entschließen, die Pläne des Jungen zu verraten, der sich an ein Vertrauen klammerte, das mit jeder Stunde schwerer wog, vor sich den verschreckten Blick der Stummen, die ihm mit aufkeimender Hoffnung folgte, vielleicht mit dem Stolz, ihm ihren gerade herangereiften Frauenkörper anzubieten.

Wie auch immer die beiden den Moment erwarten mochten, zur alten Straße zu gehen, für mich entschied der Alkohol. Ich machte mich auf den Weg zur Toilette, der Wirt deutete auf den Gang zum hinteren Teil des Clubs, und als ich das Pissoir verließ, genügte ein Blick auf den Drahtzaun, der weiter hinten das Nachbargrundstück abtrennte, um ihn zu übersteigen und über einen schmalen Weg auf die Straße zu gelangen. Gegenüber unterhielten sich ein paar Kerle mit Bier in der Hand, aufgeputzte Mädchen überquerten die Allee Richtung Gesellschaftsclub, und die Laterne an der Ecke stanzte einen Lichtkegel voll Insekten in die Nacht.

Kaum spürte ich das Pflaster unter den Füßen, ging ich, ohne weiter nachdenken zu wollen, die zwei

Ecken hinunter zu dem Feld, auf dem sich das Riesenrad erhob. Im Dunkel unter den Bäumen saßen die Einheimischen mit ihren Fernsehern und Radios, die Haustüren geöffnet, und warteten darauf, dass es drinnen kühler würde. Die Luft war so aufgeheizt, hing so reglos zwischen der dampfenden Erde und dem Sternenlicht, dass das Himmelszelt ein riesiger Amethyst zu sein schien. Nur die jungen Leute und die Hunde zogen mit einem letzten Rest von Schwung umher. Vielleicht gab es über der Nacht noch eine Nacht und noch eine, und was da über uns so gewaltig wirkte, war im Grunde nur unsere Ahnungslosigkeit. Ich erinnere mich oder glaube mich zu erinnern, dass ich mir wie in einem Stein gefangen vorkam und das Rad, als ich zum leeren Grundstück gelangte, noch größer und verbeulter aussah, die Gondeln im Dunkeln versunken. Ein Lämpchen warf seinen Schein auf die angelehnte Schuppentür, ein Hund kam und bellte mich an, dann sah ein Kind hervor, und eine Frau fragte, was ich wolle.

Nelson ließ so lange auf sich warten, dass ich mir das Motorrad ansehen konnte, gegen einen alten Herd gelehnt, den Fernseher, die Betten und den Vorhang, der in ein Nebenzimmer führte. Der Boden war aus Lehm, an den Wänden hingen Töpfe, Werkzeuge und viel rostiges Gerät, das kaum zu unterscheiden war. Zehn Kreuze wie das von Hansen hätten hier hängen können, niemand hätte sie in dem Gewirr von Hufeisen, Rädern, Achsen und

Zangen entdeckt. Hinten hüpften Kinder auf einem Bett, und zwei Frauen waren vor einem Eisenherd beschäftigt, der mit Holz beheizt wurde.

Ich hatte einen Jungen erwartet, aber heraus kam ein dürrer Mann in Unterhemd und Jeans, mit einer Zigarette zwischen den Lippen und einem weißen Auge. Seine Hände waren voll Schmieröl, eine Haarsträhne fiel ihm schlaff in die Stirn, und nach einem kurzen Aufwerfen des Kopfes starrte er mich schweigend an. Das kranke Auge sah wie ein Knorpel aus, und vielleicht weil es nicht blinzelte und keine Braue hatte, konnte man kaum hinblicken. Ich überbrachte die Botschaft und wandte mich zum Gehen, doch da fragte er, ob ich ein Freund von Jonathan sei, und kratzte eine Dreckkruste von der Hand. Aus einem Winkel des gesunden Auges musterte er mich, aus dem anderen spähte er auf etwas hinter mir. Ich verneinte, und Nelson murmelte ein paar Worte in sich hinein, die ich nicht verstand, die jedoch Speichel auf seine Lippen trieben. Ihm fehlten mehrere Zähne, und während er anstelle der Braue die Haut über dem harten, geschwollenen Auge anhob, schien er zu lächeln.

»Der kleine Satan braucht Nelson«, sagte er. »Gott liebt die Gerechtigkeit.«

Er ging in die Hocke, den Kopf des Hundes zwischen den Knien. Dann zog er an der Zigarette und hielt sie dem Tier ans Ohr, das zurückwich, aufjaulte und in der Nacht verschwand.

»Er braucht Ihre Hilfe«, sagte ich.

»Aber klar doch«, entgegnete er, ohne mich anzusehen. Mir schien, als suchte er den Hund, dann blickte er auf das Riesenradgerippe in der Dunkelheit.

»Wem würde Nelson nicht helfen?«

Ich ging fort, wollte nicht weiter nachdenken über Jonathans Schicksal mit einem Kerl wie diesem. Mit so einem Typ hätte ich nicht einmal ein Bier getrunken, aber womöglich war der Junge verzweifelt genug, dass er Leute um Hilfe bat, die er nicht auf der Liste gehabt hatte, wie Nelson und mich. Mit dieser Sorge kehrte ich rasch zum Club zurück, so wenig ich auch wusste, was ich Santana und Beppo sagen sollte. Ich betrat ihn wieder durch den hinteren Gang, atmete tief durch, stellte im Lokal jedoch fest, dass andere Männer unseren Tisch besetzten. Der Krach hatte zugenommen, ebenso das Chaos; ich ging den Bingosaal ab, Reihe für Reihe, ohne auf ein bekanntes Gesicht zu stoßen, sah bei den Pooltischen nach und stand schließlich erneut auf der Straße, mit dem Gefühl, sie enttäuscht zu haben. Ich wandte mich kurz Richtung Polizeirevier, machte jedoch kehrt und überließ mich hügelabwärts dem Weg zum Hotel, neben mir die Motorräder mit abgesägtem Auspuff, die sich durch die Straßen bohrten. Als ich die Allee erreichte, wo das Licht weißer und heller wurde, sah ich an mehreren Ecken und vor dem Gesellschaftsclub Scharen junger Leute aus der Gegend mit Baskenmütze oder Hüten samt Hutband, wie die Jungen, die ich am Nachmittag gesehen hatte, ohne zu ahnen, dass sie die Vorboten einer ganzen Armee waren, herausgeputzt bis zur Stiefelschnalle, nachdem sie den Tag über in Ställen und Schuppen geschwitzt hatten. Womöglich lüge ich nicht, wenn ich sage, dass mir diese seligen Herdentiere mehr Bewunderung als Neid entlockten. Von nahem rochen sie nach Kölnischwasser, nach Seife, rochen scharf nach der Lust auf Frauen, die im Dorf bestimmt rar waren. Ich bahnte mir einen Weg, überquerte die Straße, und als ich auf das Hotel zuging, war mir, als stünde da der Kommissar vor der Tür und redete mit jemandem. Natürlich war es Santana, er lächelte mich an, unterbrach jedoch nicht sein Gespräch mit einem schnurrbärtigen Knirps, und als ich die Rezeption betrat, saß dort Beppo dem Inhaber gegenüber auf einem Sack Portlandzement.

»Na, kommen Sie«, sagte Beppo und stand auf. »Menschenskind, wir dachten schon, Sie wären allein zum Essen gegangen.«

Der Inhaber reichte mir eine kleine Flasche Bier, und schon lauschten wir Beppos Bericht von einem Mord in der Stadt Treinta y Tres, den der Kommissar, nachdem er sein Gespräch mit dem Mann beendet hatte, immer wieder korrigierte. Den Mörder habe man nicht »Negro« genannt, sondern »Bayano«, er habe seinen Schwiegervater nicht mit einer 45er umgebracht, sondern mit einer langen 38er, und der

Tote habe nicht die Tochter missbraucht, sondern die Enkelin. Was der Richter da erzähle? Womöglich war der Alkohol schuld oder die Geschichte nur ein Vorwand, um wieder mit Santana zu streiten. Vielleicht wollte er auch bloß sehen, wie sich Ademar – so nannte er den Mann, bei dem ich wohnte – mir gegenüber verhielt, und da der nur Gleichgültigkeit zeigte, erzählte er nun von Gabinos Schwester, die zweimal mit Perico Silvestre liiert gewesen war.

»Roláns Sohn?«, unterbrach ihn Santana.

»Der Neffe«, sagte Beppo, glücklich, eine alte Geschichte zu erzählen, die er ihm nicht zurechtstutzen konnte. »Perico war der Enkel des Gauchos, der im Dorf um Hilfe bat, als hier noch niemand etwas vom Gold wusste. Das hat mir mein Großvater erzählt, der einer von denen war, die ihn auf der Straße aufgelesen haben. Geblutet hat er, der Mann, und die Knochen hatten sie ihm gebrochen. Drei brasilianische Banditen hatten ihn in der Nacht überfallen, ihn verprügelt und Geld, Pferd und Sattelzeug mitgenommen, aber als die Leute zu seiner Ranch kamen, fanden sie alles durchwühlt, die Nuggets jedoch über den Boden verstreut, denn keiner der drei Schläger war auf den Gedanken gekommen, dass diese Körnchen, auf denen sie ausrutschten, Gold waren.«

»Das erzählen Sie mal in der Märchenstunde«, beschwerte sich Ademar.

»Und woher willst du wissen, dass die Banditen darauf ausgerutscht sind?«, stichelte der Kommissar.

»Es war, wie ich gesagt habe. Der Mann hatte in Bächen danach geschürft und sie, wie er sagte, in ein Glas gesteckt, das hatten sie in der Eile umgestoßen und sind über die Körner hinweggetrampelt, dann machte das Gerücht die Runde, und die Geschichte nahm ihren Lauf. Perico selbst hat eine Zeitlang in den Bergen geschürft, und Lidia ist ihm mit den Kindern weggelaufen, zur kleinen Ranch von Gabino, der sich nie fürs Gold interessiert hat.«

»Gabino hatte eine Frau«, unterbrach ihn Santana.

»Und die hat ihm der Jüngste von den Sorias umgebracht, mit einem Lastwagen voll Kohle, schwanger war sie da. Wäre Lidia nicht gewesen, der Dreck hätte Gabino aufgefressen. Mein Lebtag habe ich keinen traurigeren Mann gesehen. Klein, wie er war, und halb wahnsinnig, denn er hörte, wie er sagte, die Stimmen von Frau und Kind aus dem Jenseits. Die Frau hatte mit dem Rücken zur Straße Bergarnika am Wiesenrand gepflückt, beim Lastwagen hat sich die Lore gelöst und sie zerquetscht. Von dem Schlag hat der Mann sich nie mehr erholt. Als Lidia zu Perico zurückging, wurde Gabino Wanderprediger und zog mit einer Bibel, einer Stute und einem Hut aus Eselsfell übers Land und predigte das Wort des Herrn. Ich erinnere mich, dass ich ihn als Kind gesehen habe, mit diesem Hut, mit dem er wie ein Pilz aussah, klein, wie er war, und die Stute beladen mit religiösen Broschüren und Flaschen voll Zuckerrohrschnaps, den er aus Brasilien herüberbrachte.«

»Er predigte und verkaufte Zuckerfusel?«, unterbrach ihn Santana.

»Aber ja«, entgegnete Beppo, »von etwas musste er ja leben. Was meinen Sie? Vertrödeln wir hier die Zeit?«, fragte er plötzlich und stand auf. Bevor ich Einspruch erheben konnte, zerrte Beppo an meiner Jacke, damit ich sie zum Abendessen begleitete, während Ademar uns liebenswürdig verabschiedete, aber anscheinend wenig davon hielt, was uns in dem Lokal erwarten würde, zu dem er uns auf keinen Fall begleiten wollte.

Ich stieg in den Jeep, ohne zu wissen, was das für ein Ort war, an den sie mich bringen würden, wir kamen wieder am Riesenrad vorbei, am Arbeiterclub, am Polizeirevier, ebenso am Krankenhaus, und als wir hinter dem weichen Scheinwerferlicht in die Dunkelheit eintauchten, drehte sich Beppo auf dem Vordersitz um, berührte meinen Arm und deutete aus dem wild dahinruckelnden Wagen auf ein verwittertes, schiefes Schild.

»Die alte Straße, sie führt hinter dem Friedhof entlang, vorbei an der Rückseite der Mine und trifft dann auf die 5er«, sagte er und drehte sich wieder um, »doch seit Jahren schon ist sie kaum passierbar.«

Ich sah gerade noch einen Tintenfleck und einen krummen Pfosten neben einem Drahtzaun. Waren sie mir gefolgt? Machte er sich lustig? Der Jeep wackelte, als würde er im nächsten Moment auseinanderfallen, neigte sich gefährlich mal zur einen, mal zur anderen Seite, holperte über Pflasterreste, lose Steine und Rinnen, die das Wasser gegraben hatte; weiter vorn wurde die Straße wieder fester, machte eine Kurve und verbreiterte sich; nach zweihundert Metern bogen wir rechts ab und hielten an einem Schuppen, den ein Kuhgerippe mit blauen Lampen in den Augenhöhlen schmückte, über dem ein paar weiße Pinselstriche verkündeten: »Die grüne Katze«. Davor stand ein Lastwagen mit Anhänger, und ein Fahrrad lehnte am geöffneten Tor, durch das ich den gestampften Lehmboden sehen konnte, ein paar verstreute Tische, eine Theke und hinten Holzstellwände, die in fahlem Licht versanken. Ein Mann trank einsam an einem der Tische, an den Wellblechwänden hingen Poster von Roberto Carlo, von Isabel Sarli und der Nationalelf von 1950, und mehrere Schnüre mit bunten Wimpeln senkten die Decke. Man hatte den Eindruck eines Zeltes, das sich in die Lüfte erheben würde, sobald man die Wimpel entfernte. Hinter der Theke, die nur wenige Spirituosen bot, lächelte uns ein Dickwanst mit großen Augenringen an, und eine dünne Frau rief dem Kommissar etwas Lustiges zu.

Santana ging hin und redete mit ihr, wandte den Blick aber nicht von dem Mann am Tisch, während Beppo mir einen Platz anbot und erklärte, nirgendwo esse man besser. Im Radio spielte ein Akkordeon, neben der Theke gab ein weiteres Tor den Blick auf dichten, fettigen Rauch frei, der draußen von einem

Grill kam, und kein Lüftchen linderte die Hitze, die die aufgeheizten Blechwände ausströmten. Eine Vorspeise und Wein wurden gebracht, gewaltige Portionen Lammfleisch, und in keinem Augenblick ließ der Lastwagenfahrer vom Trinken ab oder löste den Blick vom Boden. Bestimmt hatte er viele Kilometer hinter sich, gerade zu Abend gegessen und war immer noch angespannt oder umklammerte das Glas so fest, aus Angst, es zu verlieren. Er hatte einen Dreitagebart, und aus den hohlen Wangen stieg die Schwermut, vielleicht weil es ein langer Weg war bis nach Hause. Fern von den Seinen neigte er den Kopf zur Seite, reglos in dem grünen Lichtkegel, der an den Blechwänden erstarb. Die dünne Frau kam zu uns, um Beppo mit dem Namen eines Zollbeamten auf die Sprünge zu helfen, und auf dem Rückweg zur Theke bewegte sie ihr knochiges Hinterteil im Takt zur Musik, die aus dem Radio tönte. Sie drehte sich zweimal nach links, einmal nach rechts und legte dann wieder die Hände in den Schoß, während der Dickwanst neben ihr, matt von der Hitze, in einer Zeitschrift blätterte.

Der Zollbeamte aus Beppos Erzählung hatte eine Geliebte in Aceguá, eine Ehefrau in Melo und einen Schwager, der Tag für Tag auf dem Motorrad an seiner Zollstation vorbeikam, beladen mit zehn Gasballons und ganzen Beuteln voll Limonadenflaschen. »Ich weiß nicht, ob Sie davon gehört haben«, er konnte nicht aufhören mit seinen Geschichten, wollte uns partout unterhalten. »Stellen Sie sich dreißig Kerle vor, die steigen jeden Tag auf ein Motorrad mit Lastwagenstoßdämpfern, überqueren die Grenze und laden in Aceguá so viele Gasballons und Lebensmittel auf, dass sie beim Losfahren zwei Männer anschieben müssen, dann fahren sie die siebzig Kilometer bis nach Melo und lassen vor der Zollstation einen Geldschein fallen. Zwölf Gasballons à dreizehn Kilo hängen am Sitz, darüber die Limonade, die Nudeln und Matepakete, alles in Wachstuchbeuteln und mit Gummiriemen festgebunden. Von weitem sehen sie aus wie riesige Insekten, die kaum ein eigener Wille zu lenken scheint. Haben Sie schon einmal eine Ameise ein Blatt auf dem Kopf transportieren sehen? Sie dürfen nicht anhalten, sonst würden sie umkippen und kämen von allein nicht mehr weiter, erst beim Krämerladen, der das Gas über die Küchen der Stadt verteilt, laden sie ab. Ob es regnet oder stürmt, sie sind auf Achse. Ob es Winter ist oder die Sonne den Asphalt spaltet, sie essen das harte Brot des Schmuggels. Ihr Leben hängt am kleinen Vorteil der Grenze. Können Sie sich das vorstellen? Nun gut, Vaquero – den Namen vergisst man nicht so leicht – beging den Fehler, seinen Schwager bei einem Familientreffen zu beleidigen, und der deckte seine Bigamie auf, weshalb Vaquero kein Bett mehr zum Schlafen hatte, und so hielt er eines Tages jeden Motorradfahrer an, zwang ihn, die Ladung auszupacken, und zerriss ihm die Beutel. Vor allem dem Schwager. Fünf Tage lang ließen der Schwager und seine Kollegen keinen Geldschein mehr für Vaquero fallen, und Vaquero hielt sie erneut an, zerriss wieder die Beutel. Der eine lebte vom Schmuggel, der andere davon, sich nach dem Geld zu bücken. Was sollte das für ein Krieg werden? An einer Ecke von Aceguá brachten sie sich um, denn ein Krieg war unmöglich.«

»Gelogen …«, sagte Santana, gelangweilt von der Geschichte, und füllte die Gläser nach.

»Und, was meinen Sie?«, fragte mich der Richter.

»Wissen Sie, auf der Landstraße habe ich einmal in einer Raststätte, lang ist das her, eine Frau kennengelernt, die vor den Augen ihres Mannes Babysachen strickte, aber schwanger war die Schwester. Mir schien, die beiden führten seit der Kindheit einen Krieg und würden ihn in dem Kind weiterspinnen, das sie erwarteten, ich sah es fast vor mir, wie es in den Armen der einen und der anderen aufwuchs, denn ich habe nie erfahren, was sie mit dem Mann gemacht haben, und Frauen sind Meister im Weiterspinnen.«

»Meine Mutter hat meinem Vater Liebe und Krieg gegeben«, sagte Beppo, »und in beidem war sie eine Meisterin.«

»Deine Mutter war eine großartige Frau«, sagte Santana.

»Eben. Wäre sie nicht gewesen, sie hätten es nie so weit gebracht.«

»Sie war auch Meisterin im Mundhalten«, setzte der Kommissar nach.

»Glaub das nicht, einmal hat sie wie ein Wasserfall von einem entsetzlichen Verbrechen erzählt, nur um meinen Vater abzulenken, der gerade sein Bein verloren hatte.«

Beppo warf die Serviette auf die Tischdecke. Der Kommissar schien etwas entgegnen zu wollen, doch da kam aus dem hinteren Teil des Schuppens ein alter Mann in flatternden Hosen, kurzärmeligem Hemd und neuen Leinenschuhen. Er ging zu dem Dickwanst und bestellte einen Grappa. Seine kleinen Augen glänzten kindlich, und die dünne Frau machte eine belustigte Bemerkung. Er trug eine Baskenmütze und hatte eine Tätowierung an der Hand, in der er ein Päckchen Tabak hielt. Als ich mich wieder zum Tisch umdrehte, begriff ich wegen der kurzen Ablenkung nicht, warum der Kommissar mit geröteten Augen und leicht zitterndem Kinn den Lastwagenfahrer fixierte, der am anderen Tisch trank. Als sollte der das Glas hinstellen und nach Hause fahren. Doch nichts davon ergab einen Sinn. Santana suchte seinen Blick, aber der Mann blieb in Gedanken verloren, krallte sich an dem Glas fest, und über alles breitete das Radio eine billige, aufdringliche Melodie. All der Alkohol hatte sich im Blut vermischt, die spärlichen bunten Lampen streckten ihre Krallen in die Winkel des Schuppens, und niemand überwand sich, etwas zu sagen.

Ich wollte gerade wieder das Gespräch aufnehmen, als hinter den Stellwänden ein Mädchen mit langem schwarzem Haar hervorkam, ihr blaues Unterkleid entblößte ihre Arme und Waden. Sie blickte zum Dickwanst, dann zu unserem Tisch und senkte die Augen. Ihre Füße schienen sich zu bewegen, als spulte sie eine Nummer ab, eine Nummer, die für einen bestimmten Zweck gedacht war und die sie lustlos, matt und halbherzig wiederholte; der Mann am anderen Tisch ging zu ihr, sie wandten sich um und verschwanden im Halbdunkel. Da leerte Santana sein Weinglas, stand auf und trat ins Freie, unter den Blicken des Dickwansts, der Dünnen und des Alten, der sich mit ihnen an der Theke unterhielt. Beppo strich über das Tischtuch, die Augen auf seine Hände gerichtet, während wir einen Scheinwerfer, vielleicht einen Seitenspiegel splittern, Blech krachen hörten, und dann zischte Luft aus einem Reifen, eine lange Minute lang. Als würde nicht aus dem Reifen, sondern aus dem Schuppen die Luft herausgelassen. Die Blechwände zeigten hier und da Löcher, die Silberfolie hinter der Bar, die als Spiegel diente, hatte eine angesengte Ecke, und die dünne Frau war die Einzige, die lächelte. Sie wiegte den Kopf und lächelte, die verschränkten Arme auf die Theke gestützt, verzaubert von dem Reifenzischen, dessen Grund mir schleierhaft blieb – vielleicht war sie die Tochter, die Freundin, die Schwester – und ebenso dessen Botschaft.

Als Santana zurückkam, sagte er, jetzt müssten wir

gehen. Ohne sich noch einmal zu setzen, bestand er darauf, die Rechnung zu bezahlen, und hastig gingen wir drei hinaus. Doch den Jeep startete der Kommissar langsam genug, damit ich die zerstörten Seitenspiegel sehen konnte. Er machte eine Kehrtwendung, und wir tauchten unter im Dunkel der Straße.

Nach einer kurzen Strecke sagte Beppo:

»Das war dumm.«

Wir holperten über Schlaglöcher, und da Santana immer noch starr auf die Windschutzscheibe blickte, wiederholte der Richter:

»Das hättest du nicht tun sollen.«

Da riss der Kommissar das Lenkrad herum, um einem Hindernis auszuweichen, das ich auf dem Rücksitz nicht ausmachen konnte. Die Straße hüpfte mir vor den Augen, mein Kopf wurde dumpf, und ich konnte mir keinen Reim auf das Dunkel hinter den Fenstern machen.

»Geht dich nichts an«, sagte Santana schließlich. »Muss dich nichts angehen.«

»Aber ich habe dir gesagt, dass es nicht so war.«

»Nicht deine Angelegenheit«, entgegnete der Kommissar und stellte den Motor aus. Ich dachte, dass wir nun seitlich von der Straße kippen würden, aber ein Weg bog ab, und wir tauchten in einen Eukalyptuswald, wo der Jeep schließlich zum Stillstand kam.

»Sag, was du willst, es war ein Fehler«, beharrte Beppo.

»Nächstes Mal lasse ich dich im Club.«

»Immer wieder der gleiche Fehler.«

»Bist du jetzt still?«

Ich glaubte schon, sie würden aussteigen und sich prügeln, aber sie blieben reglos sitzen. Der Mond war spät hervorgekommen, mit seinen Hörnern sah er aus wie eine Melonenscheibe. Als ich das schiefe Schild erkannte, war mir die Lust auf Erklärungen vergangen. Das Schweigen im Jeep war zäh, mein Blut war zäh, und das Halbdunkel um uns herum besaß den Glanz einer Erwartung, die von Minute zu Minute greifbarer wurde.

»Das war es also«, sagte ich ohne Groll, doch keiner der beiden würdigte mich einer Antwort. Endlose Minuten harrten sie aus, gebannt vom blauen Schatten der Bäume im Mondlicht, bis wir ein Geräusch hörten und schließlich von Corrales her das gelbliche Flackerlicht eines Motorrads näher kommen sahen. Am Schild hielt es an, ein Mann stieg ab und ging mit einem Zigarettenstummel zwischen den Lippen hin und her, wortlos sahen Santana und Beppo zu. Kaum wahrscheinlich, dass Nelson uns im Dunkel des Waldes sah oder die Alkoholfahne aus dem Jeep roch.

»Sie hätten nur fragen müssen, ich hätte sie hinbegleitet«, stellte ich klar.

»Keine Sorge. Sie haben das Ihre getan«, sagte Beppo.

»Aber das da ist ein ganz übler Kerl.«

Wir sahen, wie er um das Motorrad herumging und mit der Schuhspitze auf den Boden klopfte, nicht nervös, sondern als wollte er die Zeit totschlagen.

»Ich wüsste zu gern, warum sich der Junge an ihn gewandt hat, an so einen Typ …«

Der Kommissar berührte mich am Arm, so dass ich den Satz nicht beenden konnte. Etwas glänzte rechter Hand auf, zwischen dem Gestrüpp und den Büschen, und plötzlich huschten zwei schnelle Schemen Richtung Straße, überstiegen den Drahtzaun und gingen zum Motorrad.

Im fahlen Schimmer sahen wir sie reden, sie beugten sich über etwas, was wir nicht erkennen konnten, und gleich darauf schienen sie zu streiten. Jonathan stieß Nelson gegen das Motorrad, das umkippte. Nelson wollte Jonathan hinterherstürzen, doch das Mädchen hängte sich an seinen Hals, und bei dem Versuch, sie abzuschütteln, taumelte er und fiel auf die Knie. Da drehte Jonathan um und schlug ihm auf den Kopf. Ich begriff nicht, warum der Kommissar im Jeep sitzen blieb.

»Sie müssen aussteigen«, forderte ich, doch er hing weiterhin schwerfällig über dem Lenkrad.

Jetzt sahen wir das Mädchen und den Jungen ein paar Schritte zurückweichen, während Nelson sich aufrichtete, er hielt etwas in der Hand. Da rannte sie seitlich fort, und als er sich nach ihr umdrehte, packte ihn der Junge an den Hüften und brachte ihn erneut zu Fall. Sie wälzten sich auf dem Boden, während sie ein Gefäß emporhob, ein langes Glasgefäß. Sie wartete auf eine Gelegenheit, es auf Nelsons Kopf niedergehen zu lassen, aber das war nicht leicht. Da stieg der Kommissar endlich aus, Beppo hinterher, dann ich, so wenig geheuer mir auch der Boden war, auf den ich trat.

Als sie den Kommissar kommen sahen, schreckten die drei zurück, ohne jedoch ihre Umklammerung zu lösen, und Jonathan bekam die Waffe in seine Gewalt. Einen Revolver mit langem Lauf, den er auf uns richtete, während er die Mütze wieder überstülpte.

»Runter mit dem Ding, Kleiner«, schrie ihm der Kommissar zu, doch der Junge tat nichts dergleichen. Er sah zur Stummen und rückte von Nelson ab.

»Waffe her, sag ich«, wiederholte Santana, während er in einer Schlangenlinie näher kam.

Jonathan sah mich kurz an, umarmte das Mädchen und warf die Waffe Beppo vor die Füße, der versuchte, sie aufzuheben, und dabei zu Fall kam. Dort lag er wie ein Käfer, Arme und Beine in der Luft, also hob der Kommissar sie auf und gab sie mir.

»Jetzt klären wir die Sache ein für alle Mal«, sagte Santana und taumelte etwas. Das Licht wirkte nun heller, bläuliche Schatten lagen auf den Feldern, und ein Elfenbeinglanz überzog das Auge von Nelson, dessen Gliedmaßen zuckten wie bei einem nervösen Tier, das auf der Jagd gestellt wird. Er versuchte, zum Motorrad zu gelangen, ich musste zurückweichen, und ein Schuss löste sich aus der Waffe. Alle blieben wir wie erstarrt stehen, begriffen nicht, warum da Staub aufstieg und um unsere Füße wirbelte.

Inmitten der Verwirrung griff die Stumme nach dem Glas, das auf dem Boden gelandet war, und warf es Jonathan zu. Sie sah hübscher aus, als ich sie mir vorgestellt hatte, das kurze Haar, das Sommerkleid, das sich eng an ihre Brüste schmiegte, an die schmale, silbrige Taille. Aber der Kommissar sah nicht zur Stummen, sondern zu Jonathan, und war bemüht, das Gleichgewicht zu halten, als hätte er einen Schlag abbekommen.

Während wir Beppo auf die Beine halfen, rannten Jonathan und das Mädchen zum Motorrad, starteten, und bevor Nelson sie erwischte, fuhren sie auf der alten Straße davon. Sie steuerten auf einen Graben zu, aber nach zwei Schlenkern hatte der Junge den Lenker im Griff, und die Dunkelheit verschluckte sie. Da ließ ich mich neben Santana niederfallen, den Revolver noch immer in der Hand, und eine Weile lauschten wir vier dem Auspuffröhren, das immer schwächer wurde, sahen dem flackernden Licht nach, das wie ein Leuchtkäfer zwischen den Bäumen aufblitzte und sich, immer leiser, in der Unendlichkeit verlor.

Sechs

Manchmal ist er ein Arbeiter mit seinem Beutel über der Schulter, das Gesicht wie zugeschnürt vor Müdigkeit, der Beutel blau, manchmal bläht ein Wind die Laken auf einem Balkon, und ich sehe Jonathan unter einem Auto hervorkommen, Gesicht und Hände voll Schmieröl, oder sehe ihn einen Fußball über eine Koppel treiben, in den Staub treten und sich entschuldigen, denn jenseits des Drahtzauns verlangt, schwanger und barfuß, die Stumme nach ihm. Ich weiß nicht, warum sie an einem Flussufer oder im sumpfigen Tiefland bei Rivera leben, inmitten der neusten 42-Zoll-Wunder, die ihnen der Geist aus der Flasche beschert hat, samt einem roten Motorroller, einem mitwachsenden Kinderbett sowie der Hoffnung, dass alles besser wird. Ebenso wenig weiß ich, ob die Nacht, die uns auf der alten Straße zusammenführte, ihre Pläne bloß glücklicher durchkreuzt hatte als Beppos oder ob alle auf jemanden gewartet hatten, der die Tatkraft des Jungen, den Eifer des Kommissars und den Fluch Hansens vereinte, auf einen Außenstehenden, je ungeschickter mit der Waffe desto besser. Mehrmals ermunterte mich der Richter beim Abschied zum Wiederkommen und bat um Entschuldigung, dass er mich nicht auf den Friedhof gelassen hatte. »Das verstehen Sie sicher, ich wusste ja nicht, was Sie vorhatten«, sagte er, als ich schon mit einem Fuß im Bus stand und ohne Groll akzeptierte, dass meine Wirklichkeit von Beppo entworfen worden war. Aber Nelsons Pakt mit dem Jungen – das Gold zu teilen, wie er spät in der Nacht erzählte – warf ein Licht auf die Rolle, die mir Jonathan seit der Sache mit der Kuh zugedacht hatte. Jedenfalls schien es erwiesen, dass er sich mit der Stummen abgesprochen hatte und der Streich während der Siesta nur eine Ablenkung gewesen war. Hatte er auch Nelson misstraut und lieber den Kommissar dabeigehabt? Aber wie hätte er dann entkommen sollen? Nichts ergab am Ende einen Sinn, am wenigsten die lange Sauftour, die bloß der Laune zu folgen schien und uns doch im exakten Moment zur alten Straße geführt hatte.

Im Laufe der Tage, als ich wieder fähig war, ohne Befremden das Licht im Zimmer einzuschalten, das Gas anzustellen und zum Telefonhörer zu greifen, zerrannen Santana, Beppo, die Zigeunerin, der Arbeiterclub und die seligen Herdentiere allmählich wie ein Traum, vielleicht, weil ihre Wirklichkeit von meinen Augen abhing und nichts den Blick ersetzen kann. Am Sonntag ging ich zum Flohmarkt auf der Tristán Narvaja und sah bei mehreren befreundeten Buchhändlern vorbei, und es war ein Trost, wie aus einer anderen Straße, einer anderen Zeit anzukommen und wieder eins zu werden mit meinem Gesicht und meinem Ruf des Einzelgängers unter ähnlichen Geschöpfen, die Alter und Gewerbe gleichermaßen gezeichnet hatten. Pasero fragte, ob ich kaufen wolle, und als ich sagte, nein, das sei vorbei, legte er mir eine Erstausgabe von Molinas *Lloverá siempre* vor, die aus meiner Bibliothek stammte. Ich wusste es, bevor ich das Buch aufschlug und meine Handschrift am Rand sah, so herausfordernd blickte sein fröhliches Gänsegesicht mit dem dürren, schlaffen Hals, dem das ewig gleiche braune Sakko nun zu groß war, dazu die riesigen Augen, die ihn in den Rang einer Karikatur erhoben. Ich blättere in dem Buch und ließ es auf dem Tisch liegen, denn inzwischen konnte ich damit umgehen: Früh oder spät im Leben haben wir Schwierigkeiten, unsere Schließmuskeln zu kontrollieren, die Zeit einzuteilen, die Phantasien beiseitezuschieben. Dazwischen versuchen wir, dem Dasein ein Ziel zu geben, der Rest ist ein rührendes Durcheinander unserer Sinne. Eines Tages suchen wir unter dem Bett die Brille, die wir auf der Nase tragen, und wir entdecken, wie gern wir mit Kindern reden. So weit war ich noch nicht, aber ich wartete voll Neugier darauf, voll der Vorfreude, einen Romandialog mit dem Licht eines Kinofilms oder einer Kindheitserinnerung verschmelzen zu lassen und zu spüren, dass es keine Rolle spielt, woher kommt, was uns wichtig ist. Ob Phantasie oder Wirklichkeit, alles hat sich unmerklich im selben Teil des Gehirns versammelt, nach und nach schwindet das Licht, die Töne entfernen sich, und der Geist wird zu einem großen 3-D-Kino, das Sequenzen neu montiert und wiederholt. Niemand weiß, wann es vorüber ist, doch am Anfang steht diese Verwirrung, die auch Hansen schließlich an einer Parallelwelt zerschellen ließ, an einer der vielen autonomen Welten, die uns fremd bleiben, bis uns ein Autoreifen zwingt, bei einer Werkstatt anzuhalten, an der wir sonst vorbeigefahren wären. In anderen Fällen kann es ein Diebstahl sein oder etwas, was wir verloren haben. Hansens eigentlicher Unfall hatte in seinem Bewusstsein stattgefunden. Ein Frontalzusammenstoß mit dem, was er nicht über sich brachte.

Ich musste den Kopf freibekommen, den Ausweis verlängern, meine Rente kassieren. Mehrere Tage lang lenkte ich mich mit allerlei Tätigkeiten ab, dachte nicht mehr an Waldemar, bis ihn ein Satz von Samuel Johnson zurückbrachte: »Melancholiker neigen dazu, sich in die Maßlosigkeit zu flüchten« hatte er zu Boswell gesagt, als sie sich eines Abends in der Old Mitre Tavern unterhielten. Da blickte ich vom Buch auf und dachte, dass weder Beppo noch ich Santana verstanden hatten. Mit einem Mal war ich überzeugt, dass der Kommissar auf seiner falschen Fährte der Frage doch am nächsten gekommen war, warum Hansen so skrupellos das Kreuz mitgenommen hatte, müde, sich selbst treu zu bleiben, ewig vertrauenswürdig zu sein, für die anderen wie für sich selbst, und so hatte er sich das Gegenteil beweisen wollen, nicht etwa, weil seine Tugend geheuchelt gewesen wäre, sondern weil sie ihn ausgelaugt hatte. Einmal hatte er mir erzählt, wie sehr es ihn erschöpfte, all die Urkunden zu überprüfen, »diese paranoiden Evangelien«, wie er sie nannte, voller Maßangaben, Adressen, Namen, Ausweisnummern, Eheschließungen, Verwandtschaftsgrade, und mit dem einzigen Ziel, dem phönizischen Übel der Schrift vorzubeugen: der Möglichkeit, übers Ohr gehauen zu werden. Er wollte das Kreuz nicht betrachten, wie Santana richtig bemerkt hatte, er wollte auf kindliche Weise eine Grenze überschreiten, wie ein kleiner Junge mit seinem Spielzeugschwert. Verglichen mit der Verwegenheit anderer war es geradezu lächerlich – Isaak Babel trat ins Kosakenregiment ein, um das jüdische Gesetz übertreten und einen Menschen töten zu können –, aber ein Schicksal ist wie eine Zeichnung, es gibt viele Arten, einen Schatten zu schraffieren.

Aufschluss konnte mir nur Wanda geben, die Einzige, die ihn auf dem Polizeirevier gesehen hatte, wo ihm vor Fassungslosigkeit gewiss die Luft weggeblieben war, als er begriffen hatte, dass sich hinter dem Sakrileg, hinter Gabino, hinter dem fortgeworfenen Schild nicht der Abgrund des Beliebigen auftat, wie er geglaubt hatte, sondern zwei Bergleute standen, die dem Elend hatten entfliehen wollen, und ein Verbrechen, das er selbst provoziert hatte. Er musste Entsetzen empfunden haben. Weniger abstrakt als das Entsetzen vor seiner dummen Laune, wenn er das Kreuz an der Wand betrachtete. Es wundert mich nicht, dass er sein einziges Delikt gegen sich selbst begangen hat, so die Schwester. Die Worte waren noch dieselben, aber nun schwang etwas anderes in ihnen mit, was weniger mit dem Tod zu tun hatte, als hörte ich sie zum ersten Mal.

Ich besuchte Kunstgalerien und die Ausstellungseröffnungen der Museen. Bitten wollte ich sie nicht um ein Treffen, auch wenn sie mir eines schuldig war. Ich versuchte mein Glück bei zwei Versteigerungen von Castells-Gemälden, bei mehreren Vernissagen, erst bei den exklusiveren, dann bei den übrigen, ohne Glück. Eines Tages sah ich sie auf einem Bild in der Zeitung, bei einem Abendessen mit Unternehmern, und als ich die Einladung zu einem Cocktailempfang in der spanischen Botschaft erhielt, bat ich einen alten Freund, auch sie auf die Gästeliste zu setzen. Der Empfang fiel auf einen Mittwochabend, es war Herbst, die Frauen trugen leichte Mäntel, und zahllose Gäste schoben sich durch die Säle, inmitten der Tabletts voll Sekt, Whisky, Sherry und den Gesprächen derer, die bereits erprobt hatten, wie viel besser es sich nach einem Gläschen und einem Häppchen redet. Ich traf mehrere Kollegen, die ich seit Jahren nicht gesehen hatte, alte Bekannte aus Konsulatskreisen, und nachdem ich Fremde und Schmeichler hinter mir gelassen hatte, all die eleganten Frauen, die allzu vielen Oberkörper, die sich rund um die Tabletts drängten, die Politiker, die fehlenden Freunde, die man hätte begrüßen können, trat ich durch die offenen Türen auf die Freitreppe zum Garten, wo sich die Raucher versammelten.

Ich glaube, sie hatte mich zuerst gesehen, denn sie redete lange mit einem Schauspielerpärchen, ohne auch nur einmal in meine Richtung zu blicken. Er rauchte nervös, die Blonde voller Verachtung für die Leute, die sie anrempelten, und Wanda lehnte am Geländer, trank Limonade und hielt lässig ihren Stock, als wäre es ein Spielzeug. Es gibt einen Grad an Schönheit, der zwar die Erscheinung prägt, aber nicht wirklich Gestalt annimmt. Sie besticht nicht durch Perfektion, nicht durch Jugend oder Makellosigkeit. Da wird etwas seinem Schicksal überlassen, behauptet sich eigensinnig und wird durch den Verschleiß noch veredelt wie das Holz durch stetiges Berühren. Obwohl sich viele Gäste zwischen uns schoben, konnte ich erkennen, wie sie mit leichtem Unbehagen lächelte. Da trat ein Journalist zu ihr, den ich seit langem kannte, und kurz darauf winkte er mich zu sich. Er stellte uns so salbungsvoll und alkoholisiert vor, dass wir wohl oder übel seine peinlichen Schmeicheleien über uns ergehen lassen mussten, »die feinste Sammlerin des Landes«, sagte er, »und unser geheimnisvoller Bibliophiler«. Er wusste von meiner Rückkehr nach Montevideo, flocht immer wieder Anspielungen ein, die ich überhörte, in der Hoffnung, dass er es nicht wagen würde, zu fragen, auf welche Weise ich mich meiner Bücher entledigt hatte. Schon oft hatte ich mit diesen perfiden Andeutungen umgehen müssen, mit den verschwörerischen Blicken, die angeblich von nichts wissen, weil sie das Unterschwellige wohl dem Eindeutigen vorziehen, da es sich in Bars und bei Gesellschaften besser auswalzen lässt. Mein Gegenüber hier schwankte noch zwischen momentaner Neugier und künftigem Nutzen, während seine fleischigen Lippen uns mit seinem Atem bedrohten. Das Schauspielerpärchen wandte sich ein paar Kollegen zu, und ich nutzte die Gelegenheit, Wanda nach ihrem Sohn zu fragen, doch der Journalist nahm das nächste Glas Champagner vom Tablett, und ohne etwas auf unser Gespräch zu geben, ja als existierte ich nicht, setzte er Wanda wegen der Torres García zu, die neulich bei Christie's versteigert worden waren. Er wusste, dass sie dort gewesen war und wie viel man für die Bilder bezahlt hatte, wollte jedoch den Käufer ermitteln, ein arabischer Konzern, habe er gehört, vielleicht auch ein einzelner Araber, er brauche ihre Hilfe, sonst werde man ihn zu den Gewerkschaften abkommandieren, doch wenn er den Namen des Käufers herausfinde, müsse er sich nicht auf den Versammlungen des Kraftfahrerverbands zu Tode langweilen, sondern dürfe weiterhin Sekt mit so intelligenten Menschen wie ihr trinken. Sicher hielt er sich für ausgesprochen witzig, scharfzüngig und weltmännisch. Gerade wollte er wieder loslegen, doch ich bat ihn, einen Moment zu warten, nahm Wanda beim Arm und sagte, die Frau des Botschafters wolle sie kennenlernen; wir ließen den lästigen Kerl verdutzt stehen, bahnten uns mühsam einen Weg in den Saal und gingen durch eine andere Tür wieder hinaus in den Garten, wo sich die Menge hinten im Schatten der Bäume zerstreute.

Kaum hatten wir uns auf zwei unbequemen Stühlen niedergelassen, schimpfte sie über die Journalisten. »Alles im Eilschritt, die Welt ist dringend!«, sagte sie. »Als müsste rasch einer alten Frau vom Boden aufgeholfen werden.«

»Und Sie sorgen sich um die alte Frau.«

»Nein, nicht mehr. Aber sie sind einfach zu schnell für uns, Sie und ich können sie nicht mehr einholen.«

»Nur zu, immer weiter, Jungs …«

Zum ersten Mal lächelte sie mich an und schien an ihrem Bild von mir zu zweifeln. Rasch fügte ich hinzu, sie habe mich nicht angetroffen, weil ich auf Reisen gewesen sei. Wieder lächelte sie, aber diesmal bewegte sie den Stockknauf und senkte den Blick.

»Ich war wohl nicht sehr höflich«, sagte sie.

»Und ich konnte leider nicht mit dem Gemälde weiterhelfen.«

»Nun, ich hoffe, Sie sind nicht enttäuscht, zu hören, dass das Sáez-Porträt wieder im Haus ist.«

»Ganz im Gegenteil, und es überrascht mich nicht.

Schon immer hatte ich meine Zweifel an Lerenas Geschmack.«

Ihr Blick wanderte kurz über den Garten, vielleicht auf der Suche nach einem Bekannten oder mit einer Spur Bedauern.

»Sie sind also ein großer Leser«, sagte sie schließlich.

»Hält sich in Grenzen, um ehrlich zu sein. Und das war einmal. Neue Welten öffnen sich, und wie die jungen Dinger, die ins Kino gehen, um zu weinen, hasst man sich am Ende selbst.«

»Sie verachten sich also selbst?«

»Ein bisschen, ja, wie bei Ihrem Bruder.«

Wanda schlug die Augen nieder und sah mich dann mit dem harten Glanz unserer ersten Begegnung an.

»Der arme Waldemar«, sie nahm sich zusammen. »Sie mochten ihn …«

»Ja, obwohl wir nach seinem Tod noch bessere Freunde wurden. Ich weiß, das ist nicht einfach zu verstehen, aber so war es. Trotzdem begreife ich noch immer nicht, warum er mit diesem Kreuz nicht fertigwurde.«

»Darüber hatten wir nicht geredet«, warf sie ein, »oder irre ich mich?«

»Sie irren sich nicht. Doch damals konnte ich Gold nicht von Limonit unterscheiden, kannte nicht mal Minas de Corrales.«

Sie sagte, sie müsse gehen, sie komme zu spät zu einer Verabredung, sei aber bereit, ein andermal über

Walli zu reden. Ich bedankte mich und half ihr beim Aufstehen. Sie wiegte den Kopf, ging los und hielt nach wenigen Schritten wieder inne.

»Kommen Sie am Freitagabend zum Essen«, sagte sie, »dann lernen Sie Marcelo kennen.«

Ich begleitete sie bis auf die Straße, rief ihr ein Taxi, und beim Einsteigen schienen ihr Zweifel wegen der Einladung zu kommen. Ich glaube, sie wollte gerade etwas sagen, doch der Fahrer fuhr los, bevor sie dazu kam.

Freitag um acht bespritzte ich mich mit Duftwasser und duschte mich gleich wieder ab, um halb neun zog ich ein Sakko aus und wieder an, um halb zehn klingelte ich bei Wanda, und zwei Rottweiler liefen herbei, um zu sehen, wer da störte. Das Dienstmädchen rief sie zu sich, während es mit einer Fernbedienung das Gittertor öffnete, und kaum war ich ins Haus getreten, kam Wanda zur Begrüßung aus dem Zimmer, in dem wir das letzte Mal geredet hatten, stellte meinen patagonischen Wein auf ein Schränkchen im Gang und führte mich in einen großen Raum, der über zwei Ebenen ging. Auf der, die wir betraten, bewegten sich Hausangestellte um einen Mann an einem Tisch, über dem linker Hand ein phantastischer Chagall hing, und auf der unteren Ebene war ein Kamin mit Stühlen zu sehen, den tagsüber gewiss das Licht vom großen Gartenfenster überflutete. In dem Raum waren außerdem mehrere Skulpturen zu bewundern, eine Treppe und eine Empore, von der weitere Zimmer abgingen, und bevor ich aus dem Staunen herauskam, hatte sich Marcelo erhoben und reichte mir die Hand, während er mit der anderen seinen Sakkoschoß festhielt. Mit dem kurzen Haar und der losen Krawatte wirkte er abgekämpft und sprach mit einer dumpfen Stimme, die mich an Hansen erinnerte. Er wirkte noch größer als auf dem Friedhof, hatte Augenringe, und ein Lächeln zerrte an den Mundwinkeln.

Als wir uns gesetzt hatten, bedachte er mich mit den üblichen Fragen nach meinen Interessen und kommentierte alles höflich, während er sein Essen herunterschlang. In Literatur kannte er sich wenig aus, hatte aber gerade *Moby Dick* gelesen und begriff nicht, warum ein langweiliges Handbuch über Pottwale mit ein paar wenigen Kapiteln eigener Erfindung so berühmt geworden war. Dieser Kapitän Ahab …, sagte er, ohne von seinem Teller aufzublicken, während ich die weißen Wände betrachtete, die hohen, weißen Decken, die minimalistische Treppe samt Empore. Ich hob zu einer dezenten Verteidigung Melvilles an, aber er war mehr daran interessiert, mit dem Lachs fertig zu werden und von meinen Stationen als Diplomat zu hören. Immer wieder fragte er, wo ich noch gewesen sei, ließ jedoch die Bewegungen auf dem Tisch nicht aus dem Auge, unempfindlich gegenüber Wandas Versuchen, aus dem Verhör wieder ein Gespräch zu machen. Er war um die vierunddreißig, fünfunddreißig, wirkte mit jeder Frage älter und konnte sich auf kein Thema konzentrieren, obwohl er mehrere der erwähnten Orte kannte.

Die Crêpes stopfte er hastig in sich hinein, hätte sich, wie mir schien, am liebsten eine in die Sakkotasche gesteckt und entschuldigte sich dann, er habe eine Videokonferenz, ging die Treppe hinauf und verschwand im oberen Stock. Er hatte auf mich einen kopflosen Eindruck gemacht, vielleicht weil sein Kopf dort war, wo ihn weder seine Mutter noch ihre Gäste erreichen konnten. Sie nahm ihn in Schutz, er sei so beschäftigt, und verteidigte sich mit der Frage, ob ich Kinder hätte. Ich gab ihr zu verstehen, dass mir ein Sohn wie Marcelo gefallen hätte.

»Er ist ein guter Junge«, sagte sie, während sie ihr Glas hob, »aber einen glücklichen Menschen habe ich nicht aus ihm machen können, wie Sie gewiss bemerkt haben.«

»Ein ernstes Problem für eine Mutter.«

»Mein Mann war zu wenig präsent. Die Verantwortung lag bei mir.«

Sie stellte das Glas hin, konzentrierte sich auf ihren Salat, stocherte mit der Gabel darin herum und fügte hinzu:

»Er kann nie länger als fünf Stunden schlafen.«

»Und nimmt auch keine Tabletten.«

»Die schaden seiner Leber. Er hat kein einfaches Leben.«

Sie erzählte, dass Waldemar eine Zeitlang versucht hatte, ihn für die Musik zu interessieren, ohne Erfolg.

»Hatten sie ein gutes Verhältnis?«

»Marcelo hing sehr an ihm. Er hat ihn nicht bewundert, aber Walli ist gut mit ihm ausgekommen, auch wenn ich nie wusste, worüber sie redeten. In gewisser Weise waren sie sich ähnlich, nur dass mein Bruder diesen großmäuligen Stolz hatte.«

»Ich weiß nicht, ob ich Sie recht verstehe.«

»Nun gut, jeder, der seine Familie verachtet, leidet an einer Art Überheblichkeit, meinen Sie nicht?«

»Aber er hat sich um seine Tochter gekümmert.«

Sie verdrehte die Augen und schob den Teller beiseite.

»Ich bitte Sie, dieses Mädchen war ein Irrtum, von Geburt an. Ich musste nur ein einziges Mal die Mutter sehen, und mir war klar, dass da nichts Gutes herauskommen konnte. Beide haben sie ihn ausgenutzt, solange sie konnten, aber Walli glaubte, dass Eva ihn liebte. Er hat sich geirrt.«

»Hat er irgendetwas gut gemacht?«

»Um ehrlich zu sein, er hatte Talent fürs Klavier. Hat er Ihnen davon erzählt? Mit sechzehn spielte er Ragtime, wunderschöne Melodien, mit achtzehn improvisierte er bereits mit erfahrenen Musikern, sie gründeten eine Jazzband, aber er war zu feige zum Weitermachen.«

»Vielleicht hat er gemerkt, dass es nichts taugte.«

»Nein, es machte ihm wirklich Freude. Aber meine Mutter hat sich an ihn geklammert. Sie hat ihm gesagt, was er zu tun hatte.«

»Und aus ihm wurde ein Notar.«

»Hätte sie Kaminkehrer gesagt, er wäre mit rußigem Gesicht auf einem Fahrrad losgezogen. Wir mochten uns wie die meisten Geschwister, auf unsere Weise. Ich habe Eva eine Chance gegeben, obwohl sie mich hasste, sogar Nina, obwohl sie ihm sehr geschadet hat, aber nie habe ich ertragen, wie er hier hereinspazierte, als schuldete ich ihm eine Erklärung. Er wartete auf seine Stunde, darauf, dass mein Leben bergab ging, nur weil er auf allzu viel verzichtet hatte und ich auf gar nichts. Er konnte nicht akzeptieren, dass ich mit der Kunst Geschäfte machte.«

»Sie meinen, er hat Sie beneidet?«

»Nein. Zu Neid war er nicht fähig, aber er hatte seine Theorien, alle sehr tiefschürfend und natürlich exquisiter als meine Klassifizierung eines Barradas nach Maßen und Zertifikaten. Er fand eine Art Wahrheit oder Rechtfertigung in dem, was andere gemalt hatten, und wir stritten gewöhnlich über dessen Wert, ohne uns zu einigen, versteht sich. Immer hat er mir vorgeworfen, ich verstünde nicht, womit ich handelte, voll dieser einfältigen Naivität der Mystiker, der Liebhaber und Taugenichtse.«

»Und doch haben Sie ihm geholfen, aus Corrales fortzukommen.«

Das Dienstmädchen trug einen Karamellpudding auf, der köstlich aussah, den Wanda aber nicht anrührte, ich ebenso wenig.

»Sehen Sie, ich weiß nicht, ob ich darüber sprechen kann«, sagte sie, und ihre Stimme zitterte ein wenig. Sie wartete, bis das Dienstmädchen die Tür zur Küche geschlossen hatte, bevor sie fortfuhr.

»Es war nicht mit anzusehen, dass sie ihn in dem elenden Nest wie einen Hühnerdieb behandelten, es gab ja nicht mal einen anständigen Platz zum Sitzen dort. Da waren zwei Kerle, ein zerlumpter Alter und ein dunkler Typ, die machten einem Angst. Ich konnte mir nicht erklären, wie Walli dort gelandet war. Doch am schmerzlichsten war seine Reaktion, denn manche Dinge wiederholt man einfach nicht ohne … wie soll ich sagen? Ohne einen Mangel an Schamgefühl?«

»Was meinen Sie?«

Wanda holte Luft und packte den Knauf des Stocks, der am Tisch lehnte. Einen Augenblick spielte sie damit, als sähe sie ihn zum ersten Mal.

»Als Kinder kamen wir auf alle möglichen Einfälle, wobei ich den Vorteil hatte, die Ältere zu sein. Das war zu Hause in Colón, er war so um die sieben, ich neun Jahre alt, und hinter dem Haus stand ein Schuppen, in dem wir viele Stunden verbrachten. Es war ein Holzverschlag voller Gerümpel, mit Rasenmäher, Angelruten, Werkzeugen, einer Waschmaschine, Truhen und Schränkchen, in denen meine Mutter alte Stenohefte aufbewahrte, Tagebuchausschnitte, Fotos von Klassenkameraden, fleckige Lexikonbände. Eines Nachmittags, zur Zeit der Siesta, stritten wir über ein Aquarellbild, an dem wir malten, ich warf ihn hinaus und sperrte die Tür von innen zu. Walli wollte unbedingt herein, und da ich mich weigerte, machte er mit Laub und Feigenästchen ein Feuer und schob das verkohlte Holz unter der Tür hindurch, damit mich der Rauch zum Husten brachte. Bestimmt hatte er das aus dem Kino, und wie man sich denken kann, ging der Schuppen in Flammen auf. Fast wäre ich erstickt. Mein Vater, der an dem Tag zu Hause war, zerschlug ein Fenster und konnte mich schließlich herausziehen, doch inmitten von Hektik und Wassereimern, das Tor ein Schlund aus Rauch und Flammen, lief Walli wieder hinein, und alle schrien wir auf. Zwei Sekunden vergingen, dann kam er mit einem Bündel Briefe heraus, von deren Existenz ich nichts gewusst hatte. Ein grünes Band hielt sie zusammen, und er legte sie erschrocken in die Hände meiner Mutter. Er bat bloß weinend um Vergebung, während mein Vater ihn verständnislos ansah und meine Mutter bleich wurde.

Walli wusste von den Briefen, hatte wohl darin gelesen und begriffen, dass sie wichtig waren und gerettet werden mussten. Sie waren an sie gerichtet, stammten jedoch nicht von Vater oder irgendeinem Verwandten. Sie kamen von einem Englischlehrer in der Schule, in der sie einen Töpferkurs besuchte, ein Mann, mit dem wir uns einmal auf der Straße unterhalten hatten. Im Viertel hieß es, er sei Schriftsteller oder halte sich für einen, bewiesen war nur, dass er ausreichend Talent für den Ehebruch besaß, während es bei meiner Mutter nicht einmal dazu gereicht hatte, die Briefe zu verstecken. Walli gab sie ihr, als überreichte er einen Schatz. Er hatte sein Leben für sie riskiert und hielt es für gerecht, dass man ihm das Zündeln verzieh.

Sie behauptete, sie habe ihn abgewiesen, seine Briefe jedoch aufbewahrt, weil sie ihr schmeichelten und gut geschrieben waren. Ob es stimmte oder nicht, seit Vaters Fortgang betonte sie das immer wieder. Ich blieb erst bei ihnen, zog aber ein paar Jahre später zu ihm ins Zentrum, Waldemar jedoch hat unserer Mutter sein Leben lang diese Schuld bezahlen müssen, wie ein Geliebter oder ein Hund. Er hatte ihre Ehe zerstört und musste sie glücklich machen, egal wie. Als er mich dann ins Polizeirevier kommen sah und hin und her lief, ohne aufzublicken, da hörten wir beide wieder das Türenschlagen, das Hämmern und Schreien, denn er wiederholte exakt die Schritte von damals, in dem Zimmer, in dem sie uns eingeschlossen hatten. Drei nach rechts, zwei nach links, einen nach rechts. Es war nicht auszuhalten.

Ich weiß nicht, was man Ihnen dort erzählt hat, ein befreundeter Richter hatte mich verständigt, und erschrocken über meine eigene Wut, fuhr ich hin, um ihm aus der Patsche zu helfen, in die er sich selbst gebracht hatte. Nachher hat er es mir gedankt, dass ich ihm nicht die Meinung gesagt habe, denn die ganze Zeit über sprachen wir kaum ein Wort, weder all die Stunden im Gericht von Rivera, wo wir die Kaution bezahlen mussten, noch auf der Rückfahrt nach Montevideo. Aber beide wussten wir, dass ich es doch getan hatte. Er war nicht besser als ich, als Bruno, Marcelo oder der Großvater, als Vater oder Mutter, wie er immer geglaubt hatte. Eine Schwester braucht nicht viele Worte, um das zu sagen.«

Wanda stand mühsam auf und bat um meinen Arm, bevor wir zu den Sesseln hinuntergingen.

»Diese Stufen bringen mich noch um«, klagte sie. Wir setzten uns, sie schenkte den Kaffee ein, den das Dienstmädchen neben drei Körben mit Pralinen, Schokolade und Konfekt gestellt hatte, die jede Unterhaltung versüßt hätten, nur nicht die unsere, und ich fragte, ob er ihr erzählt habe, warum er das Kreuz mitgenommen hatte. Sie schüttelte den Kopf.

»Walli war zu stolz, um mit mir darüber zu reden. Ich erfuhr von dem Kreuz erst, als mich der Richter anrief, und auch später, als ich ihm einen Anwalt besorgt und ihn veranlasst hatte, Berufung einzulegen, schwiegen wir darüber. Ob er plötzlich zu Christus gefunden hatte oder dem Satanismus verfallen war, es ging mich nichts an. Er sollte nur bezahlen, wie alle Hansens. Er hatte kein Vertrauen in den Anwalt, keinerlei Hoffnung, doch er tat, was er ihm sagte, so erniedrigend es für ihn war. Das genügte mir.«

»Aber etwas ging schief.«

»Eine Zeitlang sahen wir uns nicht mehr. Ich hatte

viel zu tun, und er wich mir aus. Aber eines Abends, ich wusste bereits, dass die Berufung abgelehnt worden war, kam er zu mir. Er erwähnte es mit keinem Wort, sagte nur, dass er das Sáez-Bild verkaufen und den Erlös Eva schicken wolle. Das Mädchen hatte sich getrennt oder wollte sich trennen, von einem Kerl, der noch abscheulicher war als sie selbst, dazu zwei Kinder, und sie suchte eine Wohnung und brauchte Geld. Es wunderte mich, dass er sich von diesem Porträt trennen wollte, das ihm so viel bedeutete, und ich bot an, es zurückzukaufen. Ich sagte Ihnen, glaube ich, dass es mein Haus zu einem lächerlichen Preis verlassen hatte, aber nun verlangte er eine Unsumme dafür. Wir stritten. Konnten uns nicht einigen. In der nächsten Woche rief ich ihn an und sagte, ich würde es kaufen. Es war ein schlechtes Geschäft, wie alle Familiengeschäfte, aber ich wollte es mir leisten. Doch dann machte sich über Nacht mein Teilhaber der Galerie in Mexiko auf und davon, und ich saß auf einem Haufen Schulden. Ich bat ihn um mehr Zeit, er wollte nicht. Wie wahnsinnig war er. Er bestand darauf, dass Eva das Geld brauchte.«

Wanda hielt inne und spielte mit dem Brillantring an der Hand, die auf ihrem Rock lag. Sie drehte ihn zwischen den Fingern, vielleicht um das Zucken ihres rechten Auges zu überspielen.

»Ich glaube, er hatte die Entscheidung bereits getroffen«, fuhr sie fort, »einerlei, ob ich ihm den Betrag gegeben hätte. Natürlich ist Geld niemals das

Motiv, aber er wollte alles Eva hinterlassen, vielleicht weil es das Einzige war, was er noch einzulösen hatte. Das ist nur eine Vermutung, versteht sich, und nichts wert.«

Wanda schlug die Augen nieder, hatte sich nach wenigen Sekunden gefasst, und als sie wieder aufsah, blickte sie mich mit einer Schroffheit an, die ich zu mildern versuchte, aber sie gab nur noch einsilbige Antworten, wollte alles ungeschehen machen, was ihr das Gefühl gab, ausgeliefert zu sein. Ich wusste, mehr Blößen würde sie sich nicht geben.

Ich verließ sie mit dem Versprechen, wiederzukommen, obwohl es nur eine freundliche Abschiedsfloskel war. Sie begleitete mich schweigend zur Tür, vielleicht verärgert oder erstaunt über ihre Einsamkeit. Dichter Nebel hatte sich über die Nacht gelegt, und aus den Lichtfetzen der Laternen, die zwischen der Erde und dem Nichts hingen, wuchsen Zypressenzweige. Nachdem ich eine Weile auf Gehwegen voll trockenen Laubs durch die Villengegend gelaufen war, ließ ich ein Taxi vorbeifahren, obwohl es nicht einfach sein würde, ein zweites zu finden. Ich zündete mir lieber eine Zigarette an und ging zu Fuß. In einem Garten fing ein Hund zu bellen an, ein zweiter stimmte ein, und noch einer kläffte hinter den Nebelballen. Mir kam der Gedanke, dass er sich auf seine Weise mit der Geschichte vom Markusdom, von Lucian Freud und dem Apfel verabschiedet hatte, nur begriff ich die Bedeutung der Worte immer zu spät. Und doch waren sie glasklar gewesen, schwierig war nur, an sie zu glauben. Wieder das Problem des Glaubens, dachte ich, und hatte meine Zweifel, dass das eine Geschichte war, die Evas Kinder stolz machen könnte. Aber ich blieb dabei und ging weiter zur Uferstraße.